Und dann kam Pit

AF287116

Er sah sie an
Sie schaute her
Es war ein Augenblick
Nicht mehr

In der Liebe
Hand in Hand
Nur selten gehen
Herz und Verstand

M. S. Dueschamm

Herstellung und Verlag: BoD - Books on Demand,
Norderstedt
C 2012 by Klaus-Jürgen Mausi Sparfeld

ISBN 9783844813470

Cover & Cover Design: Klaus-Jürgen Mausi Sparfeld
Titelfoto: Klaus-Jürgen Mausi Sparfeld
Foto Rückseite: Marion Sparfeld

Klaus-Jürgen Sparfeld

Und dann kam Pit

***
***

Roman

Erstes Kapitel

„Muß ich?" er sah seine Mutter mit den unschuldigsten und zugleich traurigsten Augen an, die man sich denken konnte.
„Ja, du mußt!" sagte seine Mutter ohne jegliches Mitleid zu zeigen.
„Aber, Mama!"
„Olaf!"
„Bitte, Mama!"
„Nichts da!"
„Ich will aber nicht!"
„Das hättest du dir früher überlegen sollen, mein Sohn!"
„Ja, aber..."
„Kein `Aber´"; sie wendete ihrem Sohn den Rücken zu. Damit war das Gespräch für sie beendet. Für ihn bedeutete das: Vier Wochen Urlaub mit Marlies und Dieter, den Eltern seines besten Freundes. Das an sich war gar nicht so schlecht. Immerhin hatte man da im Allgemeinen mehr Freiheiten, als man sie bei seinen eigenen Eltern zugestanden bekam. Tilos Eltern waren ein paar Jahre jünger als seine Mutter und sein Vater und sie hatten sich immer ziemlich locker und aufgeschlossen ihm gegenüber verhalten. Das hieß, Tilo hatte wesentlich mehr Spielraum bei seinen Aktivitäten als er selber. Immer, wenn er bei seinem Freund war und er war ziemlich oft bei ihm, kam er sich ein bißchen so wie im Urlaub vor. Also an sich die

besten Voraussetzungen für eine schöne und angenehme Ferienzeit. Wenn, ja wenn es nur den letzten Freitag nicht gegeben hätte. Vor diesem Tag hatte er sich nichts Angenehmeres vorstellen können, als mit seinem besten Kumpel und ohne seine eigenen Eltern im Wohnmobil und mit dem Zelt durch Skandinavien zu fahren. Wenn man sechzehn ist, bedeutet das Freiheit und unbegrenztes Abenteuer.

Aber, wenn man sechzehn ist, geschehen eben auch Dinge, die von einem zum anderen Moment alles verändern können. In diesem Fall handelte es sich um ein Mädchen namens Manuela, das in die Parallelklasse ging. Sie war der Schwarm aller Jungen, die nur ein bißchen was auf sich hielten. Sie war groß, sie war blond, sie hatte eine super Figur. Und: Sie hatte sich mit ihm verabredet! Da nun lag das Problem. Er seufzte. Sie würde das nie verstehen und sie würde ihn keines Blickes mehr würdigen nach den Ferien. Sie würde ihn nie wieder in ihrem Leben eines Blickes würdigen. Mehr noch, sie würde allen erzählen, was er getan oder besser, was er nicht getan hatte. Er konnte sich überhaupt nicht mehr in seinem Jahrgang blicken lassen. Er mußte die Schule wechseln. Wahrscheinlich mußte er die Stadt verlassen, um nicht ewig von dieser Schmach verfolgt zu werden.

Ihm war heiß. Er schwitzte. Alles war so schön, so einfach. Noch nie in den letzten Jahren war es ihm so gut gegangen. Bis gestern eben.

Angefangen hatte das Ende von seinem unendlichen Glück mit seinem Glück. Das hört sich zwar etwas merkwürdig an, aber genauso war es. Es war auf der Abschlußparty der Schule vor den Sommerferien an eben jenem letzten Freitag…

Olaf stand in einer Ecke des großen Raumes, der im

Keller der Schule lag und der an normalen Tagen als Schulkaffee diente. Jetzt war es der Partyraum. Jede Klasse konnte hier ihre Feten machen und jedes Jahr vor den Sommerferien war dies der Raum, in dem die große Schulparty stieg. So auch in diesem Jahr.

Alle waren da, alle. Jeder wollte sich zeigen und zeigen, mit wem er ging und mit wem nicht. Olaf ging mit niemandem. Er war sehr schüchtern und mit seinem glatten, ziemlich dünnen und strähnigem blonden Haar, das er wie eine lange nicht geschnittene Pilzkopffrisur trug, war er auch nicht unbedingt der Typ, dem die Mädchen scharenweise hinterher liefen. Hinzu kam noch, daß er für sein Alter ziemlich groß und nicht gerade muskelbepackt war. Er hatte also keine Freundin im Moment. Wenn er ehrlich war, hatte er noch nie eine gehabt. Die zwei Sandkastenfreundschaften konnte man wohl kaum rechnen. Er hätte sich schon eine Freundin gewünscht. Wer tat das nicht in seinem Alter? Einmal hätte er etwas anfangen können, mit Britta. Aber Britta war nicht sein Typ. Britta war niemandes Typ. Und so hatte er sich erfolgreich gegen eine Beziehung mit ihr gewehrt. Er hatte auch niemandem davon erzählt, daß Britta ihm einen Brief geschrieben hatte. Einen Brief auf rosa Papier mit roten Herzen. Es war ihm peinlich.

Jetzt stand er also in der Ecke mit zwei seiner Klassenkameraden, die in einer ähnlichen Lage waren wie er, in Bezug auf weibliche Begleitung. Die drei standen nebeneinander, jeder hielt eine Flasche Bier in der einen und eine Zigarette in der anderen Hand. Das wirkte cool. So empfanden sie es jedenfalls. Vor allem aber überspielte es ihre Unsicherheit. Immer wieder kicherten sie, als wenn einer von ihnen einen ganz besonderen Witz gemacht hatte. Ihre Blicke wanderten verstohlen über die Tanzfläche und blieben immer wieder an den Pärchen hängen. Dann fragten sie sich, wieso gerade der oder der mit der zusammen war, wo er doch gar nichts Besonderes an sich hatte. Es war der reine Neid, den man bei genauerem Hinsehen in ihren Augen erkennen konnte.

Sie war auch da: Manuela! Manuela aus der C-Klasse. Jeder kannte sie. Sie war zuletzt zusammen mit einem aus der Oberstufe. Sie war etwas ganz Besonderes. Das mußte man sein, wenn sich sogar jemand aus der Oberstufe mit einem abgab. Jeder der drei verschlang sie mit den Augen. Im Augenblick tanzte sie mit Timo, Timo aus der B-Klasse. Das und die Tatsache, daß es schon ihr dritter Tanzpartner an diesem Abend war, heizte die Gerüchteküche an. Ihr Oberstufenfreund war nicht zu sehen. Es wurde getuschelt, daß sie ihn abserviert hatte. Man mußte sich das vorstellen: Sie ihn! Das war unglaublich.

„Soll ich noch ein Bier holen?"

„Klar, Micha. Du auch eins, Olaf?"

„Was? Ja, natürlich, bring´ mir auch eins mit!"

„Mach´ ich doch glatt", sagte Michael und entschwand in die Richtung, wo es die kühlen Getränke gab.

„Ist sie nicht toll?" sagte Olaf schwärmend.

„Wen meinst du?" fragte Karsten und seine Augen wanderten über die Tanzfläche.

„Na, Manuela!"

„Wie konnte ich fragen! Klar, deine große Liebe! Nur schade, daß sie sich überhaupt nicht für dich zu interessieren scheint!"

„Du hast es gerade nötig!"

„Ich weiß, wenn etwas unerreichbar ist. Meine Ziele sind da nicht so hoch gesteckt, dafür aber durchaus realisierbar!"

„Auf wen hast du es abgesehen? Britta?"

„So schlimm ist es nun auch wieder nicht!" Karsten wirkte entrüstet. „Da!" er deutete mit der Bierflasche in die gegenüberliegende Ecke des Raumes.

Dort saßen in einer alten Polstergruppe vier Mädchen, die immer wieder die Köpfe zusammen steckten und dann kichernd in der Gegend herumschauten.

„Nein, oder?"

„Warum denn nicht?"

„Die sind doch viel zu jung!"

„Vielleicht, aber die sind reif für mich! Und: besser zu jung als gar keine!" Karsten grinste.

Olaf wußte, daß sein Freund gar nicht so daneben lag. Er hatte sich das auch schon überlegt. Seine Schüchternheit machte es ihm nicht gerade leicht, Kontakte zu einem Mädchen zu knüpfen. Vielleicht sollte er sich an Karsten hängen und dann würde auch für ihn etwas abfallen. Ein bißchen Rumgeknutsche, das wäre doch schon etwas, dachte er sich.

„Hier!" sagte Michael und hielt Olaf eine neue Flasche Bier hin.

„Danke!" sagte Olaf, „was meinst du denn dazu?"

„Wozu meine ich was?" Michael sah Olaf und Karsten fragend an.

„Ich habe unserem Romeo", Karsten zeigte auf Olaf „gerade erklärt, daß ich heute noch eine Braut klar mache."

„Hast du?"

„Ja, hat er!"

„Und wer bitte, soll das sein? Hat er das auch gesagt?" fragte Michael.

„Da hinten!" sagte Karsten und zeigte auf die Polstergruppe.

„Ach. Und welche von denen?"

„Also, am liebsten wäre mir die Blonde da links, aber

eigentlich ist das egal. Eine wird schon anbeißen!"

„Hmm", sagte Michael, „eigentlich keine schlechte Idee! Hast du einen Plan?"

„Habe ich!"

„Und, darf man den erfahren und sich dann vielleicht dem Unternehmen anschließen?"

„Darf man! Du auch, Olaf?"

„Nee, laßt mal, später vielleicht!"

„Laß´ ihn, Karsten, wer nicht will und so weiter. Komm, erzähl und dann laß uns loslegen, wir werden auch nicht jünger!"

Michael legte den Arm um Karstens Schulter und die beiden verschwanden nach draußen.

Olaf stand alleine in der Ecke. Das hatte er nun davon. Er überlegte kurz, ob er den beiden nicht doch nach draußen folgen sollte. Da hörte er eine Stimme neben sich:

„Na, auch allein?" Es war eine weibliche Stimme.

„Ja, und, wen stört es!" sagte er ruppig ohne nach der Verursacherin der Stimme zu sehen.

„Bist du immer so freundlich?" sagte die Stimme.

„Nein, aber ich mag es nicht, wenn man mich von der Seite anquatscht!" sagte er und drehte sich zu der Stimme.

„Ich auch nicht. Da haben wir schon etwas gemeinsam!" sagte die Stimme.

Er konnte jetzt sehen, wessen Stimme es war und er war so überrascht, daß ihm die Bierflasche aus der Hand fiel.

„Oh, äh…" stammelte er und bückte sich, um Schlimmeres zu verhindern. Dabei rutschte er weg und hielt sich reflexartig an der Urheberin der Stimme fest.

„Na, du gehst aber ran!" sagte Manuela und half ihm auf die Beine.

„Tut mir leid. Ich bin sonst nicht so, das war…"

„Schon gut. Willst du tanzen?"

„Ich?"

„Ja, du! Oder siehst du hier noch jemanden sonst!"

„N-nein", stotterte Olaf.

„Wie, du willst nicht tanzen?"

„Doch, ja, ich meine, nein, nein,ich sehe niemanden sonst". Olaf hätte sich die ganze Zeit selber Ohrfeigen können für seine Tolpatschigkeit.

„Na, dann komm", sagte sie und zog ihn auf die Tanzfläche.

„Ja, gerne!" brachte er noch heraus. Das Lied war ziemlich schnell, das beruhigte ihn, denn es bedeutete, daß ein gewisser körperlicher Abstand zwischen ihm und Manuela eingehalten werden konnte. Leider war es nach kurzer Zeit zu Ende und der Discjockey krächzte in sein Mikrofon:

„Und nun, auf vielfachen Wunsch, eine Schmuserunde für unsere Verliebten!"

„Wo willst du hin?" fragte Manuela, als er sich von der Tanzfläche entfernen wollte.

„Nirgendwo, nirgendwo, ich wollte nur, ach, egal" stammelte Olaf wieder.

„Dann komm. Oder hast du noch nie mit einem Mädchen so getanzt?" Ihre Augen sahen ihn mit einem merkwürdigen Blick an.

„Doch. Natürlich. Ich wollte nur."

„Was wolltest du nur?"

„Meine Freunde. Ja, meine Freunde!" sagte er und strahlte, daß ihm das eingefallen war, „sie sind kurz raus und ich wollte schauen, ob sie wieder da sind. Sie werden mich suchen!"

„Sie werden es überleben, glaube ich!" sagte Manuela und legte ihre Arme um seinen Hals.

Er hing an ihr wie ein nasser Sack und ließ sich von ihr über die Tanzfläche ziehen. Er hatte das Gefühl, als wenn alle Augen auf ihn gerichtet waren.

„Deine Hände!" sagte sie.

„Was ist mit meinen Händen?" Olaf ließ Manuela los und starrte erschreckt auf seine Hände.

„Hierhin!" sagte sie und legte sie auf ihre Hüften.

Olaf schwitzte. Er schwitzte überall. Er konnte keinen klaren Gedanken mehr fassen. Er befand sich auf der Tanzfläche. Mitten auf der Tanzfläche. Jeder konnte ihn sehen und er tanzte mit Manuela! DER Manuela! Was würden seine Freunde sagen, wenn sie ihn so sahen. Er konnte es selber kaum glauben.

Er hatte den Gedanken gerade zu Ende gedacht, als er Karsten und Michael sah: Sie standen mit weit geöffnetem Mund an dem Ende der Tanzfläche, das der Tür nach draußen am Nächsten war und starrten ihn an. Er verzog seinen Mund zu etwas, das ein Grinsen sein sollte.

„Ich finde dich eigentlich ganz nett!" sagte Manuela.

„Äh, ich, ich auch", stotterte Olaf, der versuchte, seine Gedanken wieder auf das zu konzentrieren, was Manuela sagte.

„Wie, du dich auch?" sie schaute ihn erstaunt an. Ihr Mund war jetzt so nah vor seinem, daß man kaum ein Streichholz dazwischen hätte hindurch schieben können.

„Nein, dich. Ich dich auch, meine ich!"

„Ach so." sagte sie und lächelte. „Willst du mich küssen?" fragte sie dann unvermittelt.

„Ich…"

„Du hast doch schon einmal ein Mädchen geküßt, oder?"

„Natürlich!" log Olaf. Er hatte beschlossen, daß er hier und jetzt auf keinen Fall die Wahrheit sagen durfte. Die einzigen weiblichen Wesen, die er bisher geküßt hatte, waren seine Mutter und seine Oma. Und das konnte man wohl kaum mit dem vergleichen, was ihm jetzt bevorstand.

„Na dann", Manuela öffnete ihre Lippen und schloß die Augen.

Er tat es ihr gleich und einen Moment später spürte er ihre Lippen auf den seinen. Es war unvergleichlich. Unvergleichlich, aber sehr kurz.

„Na, richtig!" hörte er Manuela sagen.

Er fragte sich, was sie wohl mit „richtig" gemeint haben konnte. War das denn kein richtiger Kuß, wenn man die Lippen aufeinander preßte? Dann schwante ihm Fürchterliches: Sie wollte doch nicht etwa einen Zungenkuß! Nein, das konnte er sich nicht vorstellen. Er sah sie an und ihr Gesichtsausdruck ließ keine Zweifel offen: Sie wollte einen Zungenkuß von ihm. Er dachte daran, was er darüber in der BRAVO seiner kleinen Schwester gelesen hatte. Man mußte die Lippen aufeinander pressen wie bei einem normalen Kuß. Dann mußte man sie ganz langsam öffnen und seine eigene Zunge nach vorne schieben in den Mund des anderen, wo sie dann auf dessen Zunge traf. Anschließend versuchten sich die Zungen umeinander zu wickeln. So oder so ähnlich hatte er es in Erinnerung. Er war sich des Ablaufes noch nicht ganz sicher, da spürte er schon erneut ihre Lippen auf den seinen. Instinktiv öffnete er den Mund und ließ seine Zunge in ihren gleiten. Es war ein anderes Gefühl, als er es erwartet hatte. Nichts war klebrig und nichts war unangenehm. Im Gegenteil, es fühlte sich nicht schlecht an. Eine wohlige Wärme begann, durch seinen Körper zu fließen. Er spürte Manuelas Zunge und er spürte ihre Brustwarzen durch sein T-Shirt. Sie trug keinen BH! Ihm wurde noch wärmer. Er spürte noch etwas anderes, weiter unten, zwischen seinen Beinen. Das war zu viel auf einmal. Er löste seine Zunge von der ihren und zog sie zurück.

„Und?" hörte er ihre Stimme.

„Schön", sagte er, „sehr schön."

„Das merkt man", sagte Manuela und senkte dabei leicht ihren Blick, „nochmal?"

Olaf wurde rot: Was hatte sie damit gemeint, daß man das merkt? Er hatte keine Zeit, weiter darüber nachzudenken, er wußte, daß er jetzt nicht „nein" sagen konnte, wenn er es sich nicht sofort mit ihr verscherzen wollte. Er mußte mitspielen und er tat es.

Sie tanzten noch sehr oft miteinander an diesem Abend und mit jedem Tanz und jedem Kuß wurde er lockerer. Zumindest der größte Teil an ihm wurde lockerer. Gewiß trug auch der Alkohol einen Teil dazu bei, den er zwischen den Tänzen seinem Körper in Form des einen oder anderen Bieres zuführte. Am Ende des Abends durfte er Manuela nach Hause begleiten und sich von ihr vor ihrer Haustür intensiv verabschieden.

„Ich fahre morgen mit meinen Eltern in den Urlaub", sagte sie. „Aber nur eine Woche erstmal. Dann bin ich wieder da und feier meinen Geburtstag. Willst du kommen?"

Natürlich wollte er kommen. Er konnte überhaupt nicht fassen, was ihm widerfahren war. Er hatte den ganzen Abend mit dem tollsten Mädchen seiner Schule verbracht und nun hatte sie ihn auch noch zu ihrem Geburtstag eingeladen!

„Klar, ich fahre zwar auch weg, aber erst in der Woche danach!" hatte er gesagt.

Wie er genau nach Hause gekommen war, wußte er nicht mehr. Er war im siebten Himmel.

Als er Tilo am nächsten Mittag von seinem Erlebnis

berichtete, konnte dieser es kaum glauben:

„Das ist ja irre!" sagte Tilo, „Klasse, man! Nur schade, daß du nicht zu dem Geburtstag kannst!"

„Wie? Ich kann nicht zu dem Geburtstag? Warum denn nicht? Warum sollte ich das nicht können?"

„Jau, weil wir da weit, weit weg sind!"

Olaf sah seinen Freund fragend an, der sich der Länge nach auf das Bett hatte fallen lassen. Tilo war einen halben Kopf größer als Olaf und wirkte dadurch noch schlaksiger als der. Seine Haare sahen aus, wie die von Pumuckl, nur waren sie nicht rot, sondern eher schwarz. Er hatte die braunen Augen seiner Mutter und mit diesen braunen Augen sah er Olaf nun an, der nicht verstanden hatte, was sein Gegenüber gemeint hatte.

„Wir verreisen zusammen, wir und meine Eltern. Hast du das vergessen?" half Tilo ihm auf die Sprünge.

„Nein, habe ich nicht. Da freue ich mich schon das ganze Jahr drauf!"

„Na also. Was tust du dann so blöd!"

„Aber, wir fahren doch erst in der Woche drauf!"

„Irrtum! Fahren wir nicht."

„Fahren wir nicht? Habe ich da irgendetwas verpaßt?"

„Jau, ich habe es doch deiner Mutter gesagt. Gestern, am Telefon."

„Was hast Du ihr gesagt?"

„Daß wir früher fahren müssen, weil mein Vater einen unaufschiebbaren Termin hat."

„Nein!"

„Doch!"

„So ein Mist! Und, wann geht es los?"

„Hat sie dir das auch nicht gesagt?"

„Ich bin spät nach Hause gekommen. Als ich aufgestanden bin, war sie schon weg. Also: Nein, das hat sie mir auch nicht gesagt!"

„Morgen. Jau, wir fahren morgen!"

„Morgen? Du meinst, Morgen?"

„Jau, Morgen. Was ist an Morgen nicht zu verstehen? Ich glaube langsam, das gestern ist zu viel für dich gewesen! Ist wohl ganz gut, wenn du da ein bißchen Abstand gewinnst. Also, fang lieber gleich an zu packen! Wir sind um sechs morgen früh da. Du weißt, der frühe Vogel fängt den Wurm oder so!" Tilo grinste Olaf an und wollte ihn dann seinem Schicksal überlassen.

„Du kannst mich doch jetzt nicht alleine lassen?"

„Jau, kann ich. Ich muß packen! Und, wie schon gesagt: Das empfehle ich dir auch! Vergiß den Schlafsack nicht! Bis morgen!"

„Tilo!"

„Wir haben vier Wochen Zeit über alles zu reden, Olaf! Jau, haben wir!"

„Nein! Du mußt bleiben!"

„Würde ich ja gerne. Aber, jau, geht nicht anders!" sagte Tilo und ließ Olaf allein zurück.

„Ja, geh nur und laß mich mit meinem Kummer hier zurück! Und hör auf mit diesem bescheuerten Jau", murmelte Olaf und ließ sich rücklings auf sein Bett fallen…

Das war gestern. Aber es kam Olaf so vor, als wenn seitdem eine Ewigkeit vergangen wäre. Jetzt war es kurz vor sechs Uhr und das Wohnmobil stand vor ihrem Haus. Tilo und seine Eltern warteten auf ihn. So schwer es ihm auch fiel, er hatte keine Wahl. Er verabschiedete sich von seinen Eltern und seiner Schwester, nahm sein Gepäck und trat aus der Haustür.

Zweites Kapitel

„Jau! Das ist doch irre, oder?" Tilo wedelte mit einem Reiseführer vor dem Gesicht von Olaf herum.

„Klasse!" gab Olaf sichtlich genervt von sich und versuchte, das Ding von seinem Gesicht fern zu halten, was ihm aber auf Dauer nicht gelang.

„Und hier! Mensch, das ist ja unglaublich, da steht, daß..."

Olaf setzte seine Kopfhörer auf und drückte die „Play-Taste". Die Worte von Tilo drangen nur noch sehr entfernt und wie durch eine Nebelwand an sein Ohr. Sie waren noch keine drei Stunden unterwegs.

„Das kann ja heiter werden, wenn das die ganze Zeit so geht!", dachte Olaf. Tilo war ununterbrochen am Reden: Über Wasserfälle, Fjorde, Seen, Elche, blonde Mädchen und viele andere Dinge. Olaf wollte einfach nur seine Ruhe haben und seine Gedanken zum letzten Freitag ziehen lassen: Er war in der Schule, auf der Party und hielt Manuela in seinen Armen. Alles andere war für ihn im Moment nicht von irgendwelcher Bedeutung. Das einzig Positive an einem Fjord, daß ihm im Moment einfiel war, daß der sehr tief war und man unweigerlich ertrinken mußte, wenn man sich in einen hineinstürzte. Das munterte ihn etwas auf.

Es war Abend, eigentlich war es nachts. Zu Hause

lag alles schon in tiefer Dunkelheit. In diesem Land war das anders: Mitternachtssonne hieß das. Das bedeutete: Es wurde nicht richtig dunkel im Sommer. Das hatte Olaf natürlich schon einmal gehört, aber er hatte nicht gewußt, daß dieses Phänomen schon so weit südlich auftrat. Es war noch nicht taghell in der Nacht, aber so hell, daß man alles noch erkennen konnte und so hell, daß er befürchtete, keinen Schlaf finden zu können. Das Wohnmobil hatte gehalten. Olaf schaute aus dem Seitenfenster und rieb sich die Augen: Von seiner Position aus sah er nur Bäume und noch mehr Bäume.

„Sage mal, Tilo, wo sind wir hier?"

„Na, da. Wir sind da. Jau."

„Da? Da wo?"

„Na, hier da!"

„Hä?"

„Komm, steig aus, dann wirst du es sehen!"

„Muß das sein?"

„Ja, muß es. Oder meinst du, ich baue das Zelt alleine auf?"

Das Zelt! Olaf wurde heiß. Das hatte er ganz vergessen: Marlies und Dieter schliefen im Wohnmobil und er und Tilo hatten das Zelt! Olaf hatte noch nie in einem Zelt geschlafen, geschweige denn eines aufgebaut. Tilo hatte das Wohnmobil inzwischen auf seiner Seite verlassen und stand nun mit seinen Eltern draußen. Sie redeten lebhaft miteinander und die Arme zeigten mal nach links, mal nach rechts. Schließlich drehte sich Tilo zu Olaf und winkte ihm, daß er kommen sollte. Olaf öffnete die Tür des Wohnmobils und ließ sich hinaus gleiten.

„Da hinten!" Tilo zeigte nach rechts. Olaf folgte seinem Arm und sah noch immer nichts außer einem Baum neben dem anderen:

„Was ist da hinten?"

„Da werden wir unser Zelt aufbauen. Jau, werden wir."

„Da? Da ist Wald!" sagte Olaf irritiert.

„Jau, aber dahinter, Alter!"

„Dahinter?" Olaf klang verzweifelt.

„Glaub´ mir, es wird dir gefallen. Verlaß´ dich einfach auf mich!"

„Wenn du meinst", sagte Olaf und hatte beschlossen, möglichst alles so zu machen, wie Tilo es wollte. Das erschien ihm am Einfachsten. Innerlich bezweifelte er, daß die Unternehmung zu einem für ihn befriedigenden Abschluß führen konnte.

„Jau, mein Vater und ich waren letztes Jahr an der Stelle zum Angeln, genial sage ich dir!"

„Wir bleiben mit dem Wohnmobil hier oben", rief Dieter, „da unten kommen wir nicht hin. Ihr seid da ganz nah am Wasser und völlig ungestört. Ist ein toller Platz!"

„Da hörst du es!" Tilo winkte Olaf, ihm zu folgen. „Ich zeige Olaf mal schnell die Stelle, Paps!"

„Mach das, aber laßt euch dazu nicht zu lange Zeit, wir wollen noch Essen und das nicht zu spät!"

„Wir sind in zehn Minuten wieder da, versprochen!"

So bewegten sie sich einen kleinen Pfad entlang, der sich durch mannshohe Büsche hinunter zum See schlängelte.

„Au!" Irgendetwas hatte Olaf im Gesicht getroffen.

„Tschuldige, war nur ein Ast!" hörte er die Stimme Tilos, der einen halben Schritt vor ihm ging.

„Danke, gut, daß ich das weiß!" Olafs Begeisterung hielt sich in sehr engen Grenzen. Abgesehen davon, daß er immer wieder an den Geburtstag von Manuela denken mußte, an dem er nicht teilnehmen konnte, hatte er sich das alles ganz anders vorgestellt.

„Nie wieder, nie wieder…"

„Was?"

„Ach, nichts. Ich dachte nur gerade: Richtig klasse hier, wie Lederstrumpf!"

„Jau, megageil. Wenn ich auch nicht weiß, was Lederstrumpf ist."

„Hätte ich mir denken können! Vergiß es einfach!"

„Ah! Wir sind da!"

„Ej!" Olaf war gegen Tilos Rücken geknallt.

„Hab´ dich nicht so – oder bist du aus Zucker?"

„Nein, bin ich nicht! Warum bleibst du stehen?" Olaf schob Tilo zur Seite.

„Wir sind da! Megamäßig, oder!" Tilo stand mit verschränkten Armen und einem verklärten Gesichtsausdruck neben Olaf.

„Das ist es?" Olaf war sprachlos: Vor ihm lag das von Schilf und Gras bewachsene sumpfige Ufer eines Sees. Die Stelle, die ihnen für die Nacht als Schlafplatz dienen sollte, war vielleicht dreimal vier Meter groß und auf drei Seiten von eben dem Gestrüpp umgeben, durch das sie sich die letzten fünf Minuten gekämpft hatten.

„Jau!"

„Ganz klasse, ganz klasse!" Olaf konnte sein Glück nicht fassen, „und nun?"

„Jetzt gehen wir zurück, schlagen uns den Magen voll, dann holen wir unser Zeug und dann: Häusle baue!"

Zehn Minuten später saßen sie beim Essen mit Tilos Eltern.

„Ist ja kein Problem", sagte Dieter, „das Aufbauen um diese Zeit. Es regnet nicht und hell genug ist es auch noch durch den Mond und sowieso hier oben…"

„…wird es gar nicht ganz dunkel", beendete Tilo den

Satz seines Vaters, „ich weiß, daß erzählst du dauernd und inzwischen habe selbst ich das verstanden!"

„Ja, ich wollte ja nur…"

„Laß´ gut sein, Dieter", schaltete sich Marlies ein, „die beiden wollen bestimmt gleich los und es sich gemütlich machen, oder?" Sie sah Tilo an, der eifrig nickte und schaute dann zu Olaf.

„Klar, wollen wir, natürlich", sagte er und wünschte sich, daß dieses Essen die ganze Nacht dauern würde.

„Wird schon gut gehen!" sagte Marlies und wuschelte ihrem Sohn durch die Haare.

„Äh, Mama, nicht, was soll das!" Tilo zog seinen Kopf zurück, „dürfen wir?"

„Natürlich, ab mit euch und gute Nacht!"

„Jau, euch auch! Komm, Olaf!"

„Gute Nacht denn, bis morgen!" Olaf erhob sich und folgte seinem Freund mit gesenktem Kopf. Ein:

„Viel Glück und guten Schlaf!" von Tilos Vater begleitete sie.

Tilo verschwand im Innern des Wohnmobils. „Hier Olaf, nimm!" rief er und sein Kopf tauchte in der Tür auf. Dann reichte er nach und nach alles heraus, was er und Olaf für die Nacht benötigten: Das Überzelt, das Innenzelt, die Heringe, die Isomatten, die Schlafsäcke, ihre Taschen und ein paar andere kleine Notwendigkeiten. Olaf kam sich vor wie bei einem Umzug.

„Warum räumst du nicht gleich das ganze Ding aus?" sagte er mißmutig.

„Was?" hörte man Tilos Stimme von drinnen.

„Ach, nichts. Meinte nur: Ist das schon alles?"

„Jau, fast. Ist doch toll, nicht?" Tilos Kopf erschien wieder in der Tür, „wie wenig man so zum Zelten braucht!"

„Ja, toll", sagte Olaf und schaute auf den Berg zu

seinen Füßen, „und jetzt?". Olaf zuckte mit den Schultern.

„Jetzt bringen wir das Zeug da hinten hin, bauen das Zelt auf, schlüpfen hinein, und dann…" er bückte sich und kramte in einer der Tüten, „…machen wir´s uns richtig gemütlich!" Er hielt triumphierend eine Flasche Wodka in die Höhe.

„Wo hast du den denn her?" Olaf wirkte sichtlich überrascht.

„Wird nicht verraten! Los jetzt, alter Knabe!"

Tilo griff sich das Zelt und ein paar andere Dinge, Olaf versuchte vergeblich, sich den Rest irgendwie aufzuladen.

„Vergiß es, da müssen wir zweimal gehen!" rief Tilo.

„Na, da bin ich ja beruhigt!" sagte Olaf und bahnte sich zum zweiten Mal seinen Weg durch das Gestrüpp.

Schließlich hatten sie alles da, wo sie es haben wollten.

„Womit fangen wir an?"

„Jau, das ist ganz einfach", sagte Tilo und setzte ein sehr wichtiges Gesicht auf, „zuerst suchen wir den richtigen Platz für das Zelt."

„Ich dachte, den hätten wir schon!"

„Jau, aber den genauen. Wegen der Unebenheiten und dem Gefälle, du verstehst?"

„Kein Wort, aber ich befürchte, du wirst es mir gleich erklären."

Olafs Befürchtung erwies sich als richtig. Während Tilo aus dem Haufen die Dinge heraussuchte, die zum Zelt gehörten, erläuterte er Olaf ausführlich, was man alles bei der Auswahl des richtigen Standortes eines Zeltes beachten mußte. Nachdem Tilo geendet hatte, faßte Olaf dessen Ausführungen in dem Satz:

„Also, es muß gerade stehen", zusammen.

„Jau, so kann man es natürlich auch sagen. Hier, nimm!"

Olaf griff nach dem, was Tilo ihm hinhielt: „Was ist das?"

„Das Innenzelt, die Schlafkoje sozusagen."

„Und?"

„Du zwei Seiten, ich zwei und dann auf den Boden damit und auseinanderziehen, fixieren, fertig." Es wurde gezogen und es wurde fixiert.

„Und wie bekommen wir es hoch?" wollte Olaf wissen.

„Na, mit den Stangen, womit denn sonst!"

„Mit welchen?" Olaf zeigte auf die Metallteile, die neben ihnen im Gras lagen.

„Na, also, Moment!" Tilo hatte eines der Teile gegriffen. Es bestand aus mehreren Elementen, die durch eine Art Gummiband im Innern miteinander verbunden waren und die man nun zusammenstecken mußte. „Klar: zusammen stecken!" sagte Tilo, „alle erstmal zusammen stecken."

Olaf und Tilo steckten die Stangen zusammen. Am Ende hatten sie zwei dünne lange, zwei dünne noch längere und zwei kurze dickere Stangen.

„Welche ist wofür?"

„Du nervst, Olaf!" Tilo hatte in der einen Hand eine der dünnen langen und in der anderen eine der dünnen längeren Stangen. Er schaute abwechselnd auf die eine und dann wieder auf die andere.

„Wir könnten deine Eltern fragen!"

„Tickst du noch richtig! Nee, damit ich dann wieder einen Vortrag von meinem Vater über mich ergehen lassen muß. Danke. Wir schaffen das schon."

„Klar – und wenn wir lange genug brauchen, sieht es morgen früh so aus, als wenn wir gerade abbauen!"

„Ha, ha. Hilf lieber mit, da!" Tilo reichte Olaf eine der

Stangen, „wir probieren es aus. Das ist das Einfachste. Jeder nimmt eine von den langen Dingern und steckt sie in die Ösen in dem Zeltteil da. Dann werden wir ja sehen!"

„Von mir aus", sagte Olaf, der in Ermangelung eigener Ideen beschlossen hatte, Tilo weiterhin die Leitung des Kommandounternehmens zu überlassen.

„Na also! Jau, das ist es!" sagte Tilo mit stolzgeschwellter Brust, als sie nach ein paar Minuten das aufrecht stehende Innenzelt vor sich sahen.

„Hätte ich nicht gedacht, ein bißchen flach vielleicht, aber ja, das ist es!" Olaf klopfte seinem Freund anerkennend auf die Schulter. „Und weiter?"

„Na, jetzt das Überzelt – das dünne lilane Ding da!"

„Das?"

„Jau."

Die beiden nahmen das Überzelt und legten es auf das Unterzelt.

„Muß das so weit überstehen?" Olaf zeigte auf die unteren Enden des Überzeltes.

„Ja, denke schon. Damit das Wasser besser ablaufen kann, wenn es regnet!"

„Sieht merkwürdig aus, aber, klingt logisch..."

„Eben. Weiter jetzt: die Heringe rein, dann das Vorzelt spannen und ab die Luzie!"

„Hast du den Hammer gesehen?"

„Irgendwo hier, warte", Tilo kramte wieder in dem Berg, der nun schon ein Stück kleiner geworden war: „Jau, hier, fang!"

„Sonst geht´s dir noch, oder!" rief Olaf und machte einen Satz zur Seite. Mit einem dumpfen „Plong" schlug der Hammer dicht neben ihm im Waldboden auf.

„Ist doch nur einer aus Gummi!"

„Nur aus Gummi! Na dann!" Olaf schüttelte den Kopf, nahm den Hammer und schlug die Heringe nacheinander in den Boden.

„Klasse, oder?" Tilo war von hinten an Olaf herangetreten und legte ihm den Arm um die Schulter, „Endspurt!"

Olaf nahm die zwei Stangen, auf die Tilo zeigte und versuchte, sie in das Teil einzuführen, das Tilo Vorzelt genannt hatte:

„Zu lang!"

„Wie?"

„Sie sind zu lang!"

„Wieso?"

„Weiß ich nicht, sind sie eben, hier!" Olaf hielt Tilo das Ende der einen Stange hin. Es schaute fast einen Meter aus dem Stoff des Vorzeltes.

„Hmm, vielleicht sind das dann doch die Stangen für das Innenzelt!"

„Du machst Witze, oder?"

„Nein, nicht wirklich".

„Soll das jetzt heißen, daß wir das ganze Ding nochmal abbauen müssen?"

„Eigentlich schon, aber", Tilo kraulte sich in seinem nicht vorhandenen Bart, „wir können natürlich auch die Stangen weglassen, heute. Dann hängt das Ding eben runter. Regnet ja nicht!"

„Das ist die erste gute Idee von dir heute! So machen wir´s!"

„Dann weg mit den Dingern und rein mit den Sachen!" Tilo kroch unter die Zeltplane und wollte das Innenzelt öffnen. Ein „Nein!" sagte Olaf, daß etwas nicht so war, wie es sein sollte.

„Was jetzt?" fragte er nur.

„Falschrum!" hörte man Tilo sagen, während gleichzeitig seine Beine unter der Zeltplane auftauchten.

„Und das heißt?" Olaf sah Tilo verständnislos an.

„Wir kommen nicht rein! Und das heißt: Nochmal runter mit dem Ding!" er zeigte auf das Überzelt.

„Nein!"

„Doch!"

„Und die Heringe?"

„Die müssen natürlich auch wieder raus, klar." Tilo sah den Blick von Olaf: „Sei zufrieden, daß es nicht regnet."

„Ja, bin ich. Du ahnst gar nicht, wie mich das aufrichtet!" Olaf zog einen der Heringe nach dem anderen und warf sie jeweils ein Stück weiter irgendwohin. Dabei kamen Worte aus seinem Mund, die Tilo zum Glück nicht verstehen konnte. „So, fertig."

„Dann fix die Bänder lösen und runter mit dem Ding!"

„Fix ist gut", sagte Olaf, der sich verzweifelt bemühte, Tilos Anweisung umzusetzen, „wer hat denn die so verknotet?"

„Doppelknoten halten besser, vor allem bei Sturm!"

„Sturm? Welcher Sturm?" Olaf sah nach oben und schüttelte sich, „gut, daß du sie nicht angeschweißt hast!"

„So und jetzt drehen."

„Au!"

„Was ist?"

„Ast oder so."

„Jau, so hell ist es nun auch wieder nicht."

„Schau´ bitte nach, ob´s jetzt richtig ist, bevor ich die Dinger wieder reinschlage."

„Ja, ist ja gut: Alles in Ordnung. Kannst loslegen."

„Dann gib´ her die Dinger!"

„Ich? Wieso ich? Du hast die doch rausgezogen!"

„Ja, aber ich dachte, du hast sie inzwischen aufgesammelt!"

„Wo hast du sie denn hingelegt?"

„Na, hier und da und…" Olaf ließ seinen Arm kreisen,

„dort eben…"

„Alter, du schaffst mich!" Tilo bückte sich und begann, den Boden rund um das Zelt mit den Händen abzusuchen. Trotz der Mitternachtssonne, war es recht dunkel inzwischen. Der Mond war hinter den Hügeln verschwunden und die Bäume taten das Ihrige. „Ich hab´ noch einen!"

„Ich auch!" rief Olaf, der seinem Freund inzwischen Gesellschaft bei der Suche leistete.

„Dann fehlen nur noch zehn!"

„Geht das nicht auch ohne?"

„Wie meinst du das?"

„Na, wenn wir das Ding da…"

„Überzelt!"

„…wenn wir das Überzelt einfach drauf legen und dann unten ein paar Steine – ist doch kein Wind."

„Hmm, müßte gehen. Jau, machen wir", sagte Tilo und ließ die beiden Heringe fallen, die er bisher gefunden hatte.

Etwa zwanzig Minuten später war der Zeltaufbau beendet. Niemand, der vorbei gekommen wäre, hätte das Bauwerk als Zelt erkannt, aber es kam niemand vorbei hier.

Olaf und Tilo lagen im Innern in ihren Schlafsäcken und starrten gegen die Zeltdecke, die dicht über ihren Köpfen hing. Die Flasche mit dem wärmenden Getränk wanderte von einem zum anderen.

„Ist eigentlich doch ganz nett", sagte Olaf.

„Habe ich dir doch gesagt!"

„Dauert das Aufbauen eigentlich immer so lange?"

„Im Normalfall nicht."

„Wie lange?"

„Na, ich, also…" Tilo druckste herum.

„Wie lange?"

„Ehrlich gesagt, ich habe heute zum ersten Mal..."

„Wie? Das ist doch nicht dein Ernst, oder?" Olaf hatte sich senkrecht in seinem Schlafsack aufgerichtet.

„Paß´ auf, das Zelt!" rief Tilo erschreckt.

„Ist das sonst höher?" fragte Olaf, dessen Kopf beim Aufrichten in der Zeltplane verschwunden war.

„Viel, viel höher!" versuchte Tilo ihn zu beruhigen.

„Dann ist gut. Und, wie war das nun mit dem Zeltaufbauen?" Olaf hatte seinen Oberkörper wieder auf seinen Schlafsack fallen lassen.

„Na, wir haben doch das Wohnmobil und..."

„Und ich dachte, ich fahre mit einem Profi! Jetzt wird mir Einiges klar!"

„Ich habe oft zugeschaut, ehrlich."

„Aber nicht besonders genau, oder?"

„Sah immer so einfach aus."

„Ja, ganz einfach – gib´ her!" Olaf streckte seinen Arm in Tilos Richtung und bewegte die Finger hin und her, bis er die Flasche in ihnen spürte. „Was ist mit deinem Vater, der kann das, oder?"

„Meinst du, wir sollten ihn doch fragen?"

„Nicht wir, du!"

„Wenn´s denn sein muß", maulte Tilo und holte sich die Flasche zurück.

Drittes Kapitel

Es war ein Supermarkt. Ein stinknormaler Supermarkt. Ein Supermarkt, wie man ihn genauso bei Olaf um die Ecke finden konnte. Es gab sie zu

Hunderten, ja zu Tausenden – überall. Aber hier war nicht überall! Er war irgendwo in Schweden in irgendeiner kleineren Stadt – so nannte man das hier, wenn es mehr als drei Häuser gab.

Es war ein sehr großer Supermarkt. Größer als die meisten in seiner Heimatstadt. Eigentlich war der Supermarkt im Verhältnis gesehen zu der Größe des Ortes riesig. Es war ein riesiger Supermarkt in einem winzigen Ort.

Olaf trottete müde durch die Gänge auf der Suche nach der Obstabteilung.

„Ihr beide geht das Gemüse und die Getränke besorgen!" hatte die Mutter von Tilo zu ihnen gesagt, „wir tanken inzwischen und leeren das WC. Anschließend treffen wir uns auf dem Parkplatz vom Supermarkt! Also, bis dann!"

Das Wohnmobil hatte sich in Bewegung gesetzt und ihn und Tilo einsam und verlassen zurück gelassen.

„Laß´ uns reingehen", hatte Olaf gesagt, „je eher wir anfangen, je eher sind wir fertig!"

„Jau!" hatte Tilo geantwortet.

„Jau!" hatte Olaf gesagt und Tilo mit einem fragenden Blick angeschaut. „Jau" war dessen neues Lieblingswort. Er wußte nicht, wo Tilo das wieder aufgeschnappt hatte und was genau es eigentlich bedeuten sollte. Tilo hatte die Angewohnheit, ein Lieblingswort zu haben. Das davor war auch nicht viel besser. Olaf hatte überlegt, was es noch gleich gewesen war, aber es war ihm nicht eingefallen.

„Jau denn!" hatte Tilo gesagt und sich auf den Weg zu den Einkaufswagen gemacht.

„Na dann, jau mal die Getränke", Olaf hatte nach links gezeigt, „ich such´ das Obst und so!" Damit hatte er Tilo einfach stehen gelassen und war davon gezogen.

Jetzt stand er vor der schmalen Seite eines etwa sechsmal einen Meter großen Rechtecks und hielt eine rote Paprika in der Hand, die er intensiv betrachtete. Seine Gedanken kreisten um Manuela und er wußte nicht, wie lange er schon so dagestanden hatte, als ein amüsiertes Gekicher ihn zurück aus seiner Traumwelt holte. Er schaute an der Paprika vorbei auf die andere Seite des Rechtecks und sah drei Mädchen, die in seine Richtung schauten und sich über ihn zu amüsieren schienen. Sie waren etwa in seinem Alter, vielleicht ein oder zwei Jahre jünger, das ließ sich schwer sagen. Die große in der Mitte hatte einen schon sehr gut entwickelten Körper. Wenn da nicht die kurzen, dunklen Haare gewesen wären, hätte sie glatt eine Schwester von Manuela sein können. Die beiden anderen, die sie einrahmten, waren etwa einen Kopf kleiner. Die von ihm aus links stehende war mehr als stämmig. Sie hatte eine der Körperform entsprechende Gesichtsform und mittellange blonde Haare, die leicht gewellt waren. Die dritte war eher kräftig gebaut, wenn auch nicht dick und hatte braune, glatte Haare, die wohl zu einem Zopf nach hinten gebunden waren. Ansonsten war nichts Auffälliges an ihr zu entdecken.

„Was ist da wohl nur so lustig, ihr albernen Hühner?" dachte er, behielt diese Gedanken aber für sich und zog nur eine Grimasse.

„Und, er bewegt sich doch!" sagte die junge Dame in der Mitte.

„Stimmt", pflichtete die stämmige bei, „sieht aber nicht besonders intelligent aus, oder?"

Die drei kicherten wieder.

„Seid doch still!" hörte er die dritte sagen, „was ist, wenn er uns versteht?"

„Das glaube ich nicht", sagte die in der Mitte, „aber das werden wir gleich wissen!"

„Was hast du vor?"

„Mach´ uns nicht wieder peinlich, Conny! Wir sind hier schließlich nicht zu Hause!"

„Keine Sorge, Karin", sagte die in der Mitte, die Conny hieß, zu der stämmigen „ich weiß schon, was ich tue!"

„Na, hoffentlich!" sagte die dritte, deren Namen Olaf bisher noch nicht kannte.

Er hatte sich keinen Millimeter bewegt und schaute noch immer in die Richtung der drei Mädchen, seine Paprika mit beiden Händen umklammert haltend. Sie sprachen deutsch! Das war ihm inzwischen aufgefallen. Zunächst hatte er sich darüber gewundert, daß er sie verstanden hatte. Die drei nahmen also an, daß er sie nicht verstand. Er beschloß, es für den Augenblick dabei zu belassen und war gespannt, was nun folgen würde.

„Na, gefällt dir das?" sagte Conny nun und deutete auf ihre Brust, „willst du mal anfassen?"

„Conny!" sagte Karin, „spinnst Du jetzt?"

„Laß´ mich nur machen", sagte Conny und schaute Olaf an, „siehst du, der reagiert überhaupt nicht!"

„Doch, er wird rot!" sagte die dritte.

„Pit hat recht, Conny!"

„Ach was, das ist die Paprika und das Licht!"

Olaf begann zu schwitzen. Er hatte gemerkt, daß sich seine Gesichtsfarbe verändert hatte. „Vorpubertäres Gehabe!" sagte er sich, aber es half nichts, ihm wurde immer wärmer. Er mußte etwas tun.

„Ölavbutan!" sagte er.

„Es kann reden!" frohlockte Conny, „habt ihr das gehört?"

„Was hat es gesagt?" kicherte Karin.

„Ölabun oder so", sagte Pit, die eigentlich Petra hieß.

„Was soll das sein, ein `Ölabun´?" Karin sah die beiden anderen an.

„Keine Ahnung, vielleicht heißt das hier soviel wie: Ich bin bekloppt. Jedenfalls ist es oder er von hier und versteht kein Wort!" bekräftigte Conny und sah zuerst nach rechts zu Karin und dann nach links zu Petra. Die beiden rahmten sie ein wie ein Bilderrahmen ein Bild.

„Vielleicht hast du ja wirklich recht", sagte Karin, „sonst hätte er bestimmt ganz anders reagiert!"

„Ja, wahrscheinlich liegst du ausnahmsweise mal wirklich richtig!" mußte auch Petra ihrer Freundin zustimmen.

„Liege ich, paßt auf!"

Conny lehnte sich nach vorne über die Obstkiste auf Olaf zu. Der kam nicht umhin, sehr weit in den Ausschnitt ihrer Bluse sehen zu können. Conny trug keinen BH.

„Na, so still", sagte sie, „gefällt dir, was du siehst. Klar, gefällt dir das. Na, komm!" Sie lehnte sich noch weiter vor.

Olaf dachte, daß sie jeden Moment vorne über kippen mußte, von wegen der Gesetze der Erdanziehungskraft.

„Ja", dachte er, „ist schon nicht…" Dann schüttelte er den Kopf: Was war los mit ihm? Gewiß, die Oberweite, die ihm entgegen wackelte war nicht unerheblich, aber bis vor ein paar Minuten hatte es in seinem Kopf nichts anderes als Manuela gegeben. Er mußte seinen Kopf wieder klar bekommen.

„Ölavgaban…, guban…, buban!" stotterte er.

Conny richtete sich wieder auf und Olaf versuchte, seine Atmung zu normalisieren.

„Klingt sehr merkwürdig, oder?" sagte Petra.

„Ob das schwedisch ist?" Karin sah die beiden

anderen an.

„Keine Ahnung. Spielt auch keine Rolle, denn jetzt kommt der Höhepunkt", sagte Conny und zwinkerte ihren Freundinnen zu, „und den versteht man auch ohne Worte!". Dann nahm sie eine der Grünen Gurken, in denen sie schon fast gelegen hatte in ihre rechte Hand und bewegte die linke Hand langsam an ihr hoch und runter.

Petra wendete sich ab und Karin starrte wie unter Hypnose auf die Bewegung, die Conny da vollführte.

„Hast du auch so eine?" hauchte sie.

Petras Augen weiteten sich, Karin verschluckte sich fast.

„Kannst sie mir ja mal vorstellen bei Gelegenheit!" Sie trat zwei Schritte von den Kisten zurück: „Schau, wie gut sie gleitet", sagte sie, und senkte die Gurke auf die Höhe ihres Beinansatzes, „wenn alles gut angefeuchtet ist!"

„Conny! Hör auf jetzt!" Petras Stimme überschlug sich fast. Sie riß ihrer Freundin die Gurke aus der Hand und zog die widerstrebende Conny mit sich weg.

„Du bist ein echter Spielverderber!" sagte Conny und formte einen herrlichen Schmollmund. Dann drehte sie sich noch einmal um zu Olaf:

„Bis dann, unbekannter, sprachloser Einfaltspinsel!" sagte sie und warf ihm eine Kußhand zu.

„Karin! Klappe zu und ab!" rief Petra Karin zu, die noch immer mit weit geöffnetem Mund an ihrem Platz stand und auf die Stelle starrte, wo vor einem Augenblick noch Conny gestanden hatte.

„Ja, ja, i-ich ko-komme schon!" stammelte sie „und die, äh, die Gurke?" Sie zeigte auf etwas Grünes, das vor ihr am Boden lag.

„Mach´ damit was du willst, aber komm endlich!" rief Petra.

Karin ließ die Gurke liegen und folgte den anderen beiden, ohne sich noch einmal umzusehen.

Olaf stand wie angewurzelt an seinem Platz. Er schaute den drei Mädchen hinterher und wußte nicht, ob er das alles eben wirklich erlebt hatte, oder ob er nur eingeschlafen war.

„Ölavbutan…" sagte er und schlug sich mit der flachen Hand gegen die Stirn. Im selben Moment spürte er einen Schlag gegen seinen Rücken:

„Jau! Ich habe alles!" hörte er eine vertraute Stimme sagen. „Was ist? Hast du eingepullert oder was?"

„Ich? Nein, wieso?"

„Wenn du dich sehen könntest, würdest du nicht fragen! Und, was ist Ölavbutan?"

„Keine Ahnung. Keine Ahnung."

„Geht es dir wirklich gut?" Die Stimme von Tilo klang jetzt wirklich besorgt.

„Ja, alles klar." Olaf kam langsam wieder zu sich. „Es war kein Traum, oder?"

„Ich kann dir irgendwie nicht so ganz folgen, Alter", sagte Tilo und schaute seinen Freund stirnrunzelnd an.

„Wenn du wüßtest, was mir eben – das glaubst du nie!" Olaf schüttelte seinen Kopf ununterbrochen.

„Was ist dir denn so Unglaubliches passiert?" wollte Tilo nun wissen.

„Später, später. Laß uns gehen, Deine Eltern werden schon warten!"

„Und das Gemüse?" Tilo sah Olaf an.

„Ach ja", Olaf streckte Tilo seine Hand hin, „hier!"

„Bäh! Was ist das denn?" Tilo schob die Hand von Olaf zur Seite.

„Wieso?" begann Olaf und sah auf seine geöffnete Hand.

In ihr befanden sich die Reste der roten Paprika, die

eher hausgemachtem Ketchup glichen.

„Oh!" Olaf schluckte, „also kein Traum!"

„Du sprichst in Rätseln, Weißer Mann, nimm das Gemüse und folge deinem roten Bruder! Jau!"

„How!" sagte Olaf und folgte Tilo zu den Kassen.

„Man, du spinnst wirklich!" Petras Stimme überschlug sich fast.

„Ich? War doch ein Mordsspaß, oder?"

„Und wenn er uns doch verstanden hätte?"

„Hat er aber nicht, Pit!"

Die drei standen auf dem Parkplatz vor dem Supermarkt und warteten mit den anderen auf den Bus, der sie wieder in ihr Ferienlager bringen sollte.

„Also, ich fand´s auch witzig!" sagte Karin.

„Na also. Und? Habt ihr sein Gesicht gesehen? Wie ein Neandertaler!" Conny konnte sich kaum halten.

„Ja, oder Quasimodo!" grunzte Karin.

„Irgendwie hat er mir auch leid getan!" meldete sich Petra zu Wort.

„Unsere Nonne!" sagte Conny grinsend. „Was soll man von dir auch anderes erwarten? Sage mal, hast du überhaupt schon einmal einen Jungen so nah gesehen, wie eben?"

„Du spielst mit deiner Gesundheit, Conny!" Petra funkelte ihre Freundin aus ihren braunen Augen an.

„Du bist manchmal wirklich ziemlich prüde!" sagte Conny und strich sich mit der Hand über ihre kurzen, schwarzen Haare.

„Sie hat recht, Pit!" Karin sah Petra an, „da war doch nichts bei. Der hat uns doch gar nicht verstanden!" Sie legte einen Arm um Petras Schultern und sah sie aufmunternd an.

„Ist ja gut!" gab Petra endlich nach, „wenn man genau darüber nachdenkt, war es wirklich ganz lustig. Für uns jedenfalls und…" Petras Augen wurden immer größer und ihr Mund öffnete sich so weit, wie er sich selten öffnete. „Da! Da! Da!" stammelte sie und wies mit ihrem ausgestreckten rechten Arm quer über den Parkplatz. Die beiden anderen folgten ihrem Arm:

„Und, was ist da?" sagte Conny gleichgültig.

„Da! Da drüben!" Petras Stimme klang immer aufgeregter.

„Wo?" fragte Karin, „da, wo das Wohnmobil steht?"

„Jaaa! Das Wohnmobil!"

„Ist ein Wohnmobil!" bemerkte Conny trocken.

„Aber, aber das Kennzeichen!" ließ Petra nicht locker.

„Ist ein deutsches. Und? Bist Du deswegen so aufgeregt? Gibt Hunderte davon hier im Sommer!" Conny zuckte mit den Schultern.

„Kennst du die Leute?" versuchte Karin der Sache auf den Grund zu gehen.

„Nicht wirklich", sagte Petra, die sich langsam wieder beruhigte, „aber ich glaube, Conny!"

„Ich?" Conny schaute Petra sehr überrascht an. „Woher sollte ich die kennen? Ich kenne hier niemanden!"

„Das stimmt nicht so ganz, glaube ich."

„Wirklich, das müßte ich doch am besten wissen, oder?"

„Warte", sagte Petra, „sie fahren los! Schau auf den Sitz hinter dem Beifahrer!"

„Wenn du meinst", sagte Conny genervt, „Und? Was soll da – nein, nein, oder? Das kann doch nicht sein! Kann es doch nicht, oder?" Jegliche Farbe wich aus dem Gesicht von Conny und jetzt war sie es, deren Mund sehr weit geöffnet war.

„War das nicht?" sagte Karin.

„Ja, das war!" Petra konnte sich ein Lachen nicht verkneifen: „Und? Habt ihr gesehen, was `es´ in der Hand hatte?"

„Ja", sagte Conny mit zittriger Stimme, „eine Gurke!"

„Und, was hat er da durch das offene Fenster gerufen als er mit dem Ding gewinkt hat?" wollte Karin wissen.

„Danke für die Einladung oder so ähnlich!" glaube ich sagte Petra lachend und klopfte Conny auf die Schulter: „Kein Wort, er versteht kein Wort! Wie war das doch gleich: Schau, wie sie gleitet? Willst du mal anfassen? Gut, daß du ihm nicht gesagt hast, wo unser Zeltplatz ist!"

„Habe ich doch nicht?", Conny zitterte am ganzen Körper, „oder habe ich vielleicht doch?"

Viertes Kapitel

„Du wirst begeistert sein!" Tilo strahlte über sein ganzes Gesicht, „wir waren letztes Jahr schon mal hier. Jau, das war klasse!"

Olaf sah seinen Freund skeptisch an: Er dachte an ihren ersten Zeltplatz. Den hatte Tilo auch als „klasse" bezeichnet. Alles sprach dafür, daß es diesmal nicht viel anders sein würde: Das Wohnmobil bewegte sich seit etwa einer Stunde durch nichts anderes als Wald. Es schien in diesem Land überhaupt nur Wald zu geben – abgesehen von den Wasserlöchern, den sogenannten Seen, die sich überall zwischen den

Bäumen dahinzogen. Jetzt hatte man die Hauptstraße, die immerhin noch einen Asphaltbelag getragen hatte, verlassen und rumpelte über Steine und Wurzeln bergab. Am Ende dieser Straße sollte „der beste Campingplatz in ganz Schweden" liegen. So jedenfalls hatte sich Tilo ausgedrückt.

„Na, wenn das der Weg zum besten Campingplatz in ganz Schweden ist, dann möchte ich nicht die anderen sehen..." dachte Olaf.

„Sagtest du etwas?"

„Nee, bin nur schon gespannt wie ein Schießgummi!"

„Jau, kann ich verstehen! Du warst schließlich noch nie hier. Und du wirst sehen: Es gibt nichts Besseres! Vor allem..." Tilo senkte die Stimme und näherte sich mit seinem Mund dem linken Ohr von Olaf: „die Mädchen! Mensch, Alter! Die Mädchen! Jau, Wahnsinn!"

„Mädchen?" rutschte es Olaf heraus.

„Du glaubst mir wohl nicht, oder?"

„Weißt du", begann Olaf, „versteh´ mich nicht falsch: Natürlich glaube ich dir! Klar. Wieso auch nicht: Wir sind hier mitten im Nichts und nähern uns einem Gar Nichts an einem Wasserloch, das wahrscheinlich niemand außer uns jemals entdecken wird – also, warum sollte ich dir nicht glauben?"

„Mach´ du nur deine Witze! Du wirst schon sehen. Wer zuletzt lacht, jau!" Damit verschränkte Tilo seine Arme vor der Brust, blickte starr geradeaus und schwieg für den Rest der Fahrt.

Leider hatten sie nach wenigen Minuten ihr Ziel erreicht, so daß die Ruhe um Olaf herum nicht sehr lange anhielt.

„Jau! Das ist es! Na, habe ich zu viel versprochen?" Tilo zitterte vor Vorfreude am ganzen Körper. Kaum hatte das Wohnmobil gehalten, riß er die Tür auf und sprang in die Freiheit. Er stand breitbeinig vor dem Wagen und streckte beide Arme mit zu Fäusten geballten Händen in die Luft:

„Jau!" rief er dabei. Diese Prozedur wiederholte er mehrmals.

Olaf schüttelte seinen Kopf und verließ nun ebenfalls das Wohnmobil: Er befand sich auf einer Art Parkplatz, vor einer kleinen Holzhütte, die schon mehrere Jahre keine frische Farbe mehr gesehen zu haben schien. Vor der Hütte stand der obligatorische Fahnenmast mit der schwedischen Fahne. Da es im Moment windstill war, hing sie schlaff am Mast herunter. Er fühlte sich, wie sich das Fahnentuch fühlen mußte. Olaf fragte sich, was an diesem Platz solche Begeisterungsstürme in Tilo hervorgerufen hatte: Der Fahrweg zu dem Platz endete vor der Hütte und von da führte ein mehr oder weniger grasbewachsener Weg in der Breite des Wohnmobils weiter über die Lichtung, auf der sich die Hütte befand, um dann wieder zwischen den Bäumen zu verschwinden. Von einem See war nichts zu sehen. Nicht nur von einem See war nichts zu sehen: Es war überhaupt sonst nichts zu sehen. Olaf setzte sich auf die Stufe vor der Hütte und wartete. Tilos Eltern waren im Innern verschwunden. Wahrscheinlich meldeten sie sich an. Olaf fragte sich, warum man sich hier anmelden mußte und, ob sich wirklich jemand in der Hütte befand.

Zwei Minuten später wurde Olafs Frage beantwortet: Marlies und Dieter erschienen in der Tür der Hütte und mit ihnen eine ältere Frau, die sich angeregt mit ihnen zu unterhalten schien. Die beiden fuhren seit vielen Jahren in dieses Land und beherrschten die Sprache relativ gut. Olaf verstand kein Wort.

„Olaf, das ist Frau Älvdalen", sagte Marlies, „ihr

gehört der Platz hier."

Olaf stand auf und reichte Frau Älvdalen die Hand: „Guten Tag", sagte er, „Olaf, ich heiße Olaf."

Die Frau reichte ihm die Hand, strahlte und ein Wortschwall prasselte auf ihn nieder. Hilflos blickte er zu Tilos Eltern. Die beiden mußten lachen.

„Sie freut sich über deinen Namen", sagte Dieter, „Olaf ist ein nordischer Name und, ihr Enkelkind heißt Olaf."

„Ja, sie hat dich schon in ihr Herz geschlossen", ergänzte Marlies.

„Na, das ist ja toll!" sagte Olaf und fügte im Stillen hinzu: „Das hat mir gerade noch gefehlt!" Dann setzte er sein nettestes Lächeln auf und strahlte die alte Frau an. Die schien sichtlich begeistert und tätschelte ihm die Wange, was in ihm besondere Freude auslöste:

„Du mußt dich beherrschen!" sagte er sich, „es ist gleich vorbei." Olaf lächelte weiter.

Die alte Frau sagte etwas und verschwand in der Hütte.

„Sie hat eine Überraschung für dich!" sagte Marlies.

„Für mich?" Olaf überlegte, was für eine Überraschung das wohl sein konnte. Er schwankte zwischen einem Lendenschurz oder einem Stein zum Feuermachen.

„Olaf", sagte die alte Frau, als sie wieder aus der Hütte kam und reichte ihm strahlend eine Angel.

„Das ist – eine - Angel?" stotterte Olaf.

„Ja", Marlies lächelte, „nimm sie!"

„Nicht so schüchtern", sagte Dieter, „es ist ein Geschenk! Sie hat ihrem Sohn gehört, der benutzt sie schon lange nicht mehr!"

„Eine Angel. Danke. Wie schön." Olaf nahm die Angel und betrachtete sie ausführlich, wobei er überlegte, wie er sie wohl am besten zu halten hatte. Er hatte noch nie eine Angel in seinen Händen gehalten. Die alte Frau sah in Olafs Verhalten besonderes Interesse, was ihm noch eine Schachtel mit Blinkern, Haken und anderen Dingen sowie eine innige Umarmung bescherte. Dann war er für´s Erste entlassen.

Als sich das Wohnmobil in Bewegung setzte, stand die alte Frau in der Tür und winkte ihnen hinterher.

„Wauw!" sagte Tilo, als er neben Olaf Platz genommen hatte, „wo hast du die denn her!" er deutete auf die Angel.

„Geschenk", sagte Olaf knapp.

„Von wem?"

„Meiner neuen Flamme! Du hattest recht, es gibt hier tatsächlich Mädchen – und was für welche!"

„Im Ernst!"

„Im Ernst!"

„Nun sag´ schon!"

„Von der Älvdalen."

„Frau Älvdalen? Der vom Platz?" Tilos Gesichtsausdruck zeigte maßloses Unverständnis.

„Ja, warum?"

„Jau!" sagte Tilo und schaute Olaf bewundernd an.

„Und?"

„Und was?"

„Was ist daran so bemerkenswert?"

„Na, ich habe noch nie etwas von ihr bekommen!"

„Das ist alles?" sagte Olaf enttäuscht, „ich hätte dir auch nichts geschenkt."

„Und sowas nennt sich bester Freund!" Tilo schüttelte sich. „Gut, also, sie mag keine Kinder. Besonders Jungs nicht."

„Das ist alles? Aber, sie hat doch einen Sohn?"

„Ja, aber da ist irgendwas. Da mußt du meine Eltern fragen, ich weiß das nicht so genau. Hat mich auch nie interessiert, ehrlich gesagt. Ich weiß nur, daß ich immer Angst vor ihr hatte, als ich ein kleiner Junge war."

„Warst?" sagte Olaf grinsend.

„Du Pe..." begann Tilo, aber die Stimme seiner Mutter unterbrach ihn:

„Wir sind gleich da. Ihr könnt hier schon mal aussteigen. Wir suchen uns einen Platz für den Wagen und ihr könnt ja mal sehen, wo es für das Zelt am Besten ist!"

„Jau, mom, machen wir!"

Der Bus rollte langsam durch das Tor des Zeltplatzes. Frau Älvdalen stand vor der kleinen Hütte und winkte, wie sie es immer tat, wenn der Bus zurück kehrte. Der Platz selber lag ein Stück unterhalb, oberhalb eines relativ großen Sees, dessen Ufer an den meisten Stellen bewaldet war.

„So, wir sind da, Kinder! Alles raus!" sagte Frau Knitterstrumpf als der Bus sein Ziel erreicht hatte.

Frau Amalie Knitterstrumpf war so etwas wie eine Lehrerin und machte ihrem Nachnamen alle Ehre; zumindest, was die Falten an ihren sichtbaren Körperteilen betraf. In ihrem früheren Leben war sie Pädagogin. Jetzt war sie pensioniert und leitete ehrenamtlich Jugendfahrten. Sie hatte das auch schon während ihrer aktiven Arbeitsphase getan. Sie war sehr streng und man merkte ihr an, daß sie einen Kindergarten geleitet hatte. Dementsprechend ging sie mit den Teilnehmern ihrer Jugendreisen um, ihren „Kindern" wie sie sie nannte. Ihre Regeln waren hart und sie unerbittlich. Wer sie nicht befolgte, wurde von ihr bestraft oder sogar nach Hause geschickt. Das war schon mehrmals geschehen im Laufe ihrer Karriere.

Trotzdem gab es Schlimmeres als ein paar Wochen unter „Knitters" Obhut zu verbringen. Man mußte ihr nur etwas Honig um den Bart schmieren und wissen, wie man ihre Regeln umgehen konnte, ohne daß sie es merkte. Dann hatte man ein gutes Leben. Besonders wichtig war es, zu den Vertrauenskindern zu gehören. Das Vertrauenskind war ein Kind, das das besondere Vertrauen von Frau Knitterstrumpf erworben hatte. So etwas wie ein Zimmerältester. Conny war Vertrauenskind. Wie sie das geschafft hatte, war Petra ein Rätsel. Jeder, der Conny auch nur ein Wenig kannte, verstand es nicht. Vielleicht lag es daran, daß Connys Mutter und Frau Knitterstrumpf früher Kolleginnen waren. Letztlich war es auch egal, wie es Conny in diese Position geschafft hatte. Wichtig war nur, daß sie es geschafft hatte. Dadurch hatten alle in ihrer näheren Umgebung gewisse Vorteile.

„Auf, auf, in die Zimmer", hörte Petra Frau Knitterstrumpf rufen, „es ist schon spät und in einer Stunde gibt es Essen. Die Essensgruppe in fünf Minuten in der Küche! Die Vertrauenskinder in 20 Minuten im Hobbyraum! Auf, auf, Kinder!"

„Hast du gehört, Conny: In 20 Minuten!"

„Was?" Conny schaute Petra fragend an.

„In 20 Minuten! Conny, alles gut?"

„Ja, ich dachte nur…"

„Du bist noch immer bei dem Typen, nicht?"

„Ja, wenn er nun?"

„Quatsch! Nur, weil er in einem Wohnmobil aus Deutschland gesessen hat? Weißt du, wie viele Seen es in Schweden gibt? Das wäre schon mehr als ein Zufall!"

„Ja, bestimmt", murmelte Conny.

„Bestimmt! Kopf hoch!" Denk´ an heute Abend!"

„Heute Abend? Was ist heute Abend?"

„Na, du scheinst ja wirklich ganz schön durcheinander zu sein, wenn du das nicht mehr weißt! Wirklich nicht?"

„Nein, nichts", sagte Conny schulterzuckend.

„Insel! Klingelt es da bei Dir?"

„Insel?" Conny hatte das Gesicht auf den Handflächen aufgestützt.

Die beiden waren noch immer an der Stelle, wo sie den Bus verlassen hatten. Conny hatte sich einfach auf den nächsten Felsen fallen lassen. Petra stand vor ihr und Karin war in die Richtung ihres Quartiers verschwunden.

„Ja, Insel! Es war deine Idee: Die kleine Insel im See. Da!"

Petra zeigte in die Richtung, in die der See lag. Man konnte zwar nicht das Ufer, aber man konnte einen Teil des Sees von hier oben sehen und eine kleine Insel.

Auf einmal kam Bewegung in Conny:

„Na klar! Die Insel! Wie konnte ich das nur vergessen!" Ihre Augen leuchteten und sie war aufgesprungen.

„So gefällst du mir schon viel besser!" grinste Petra Conny an.

„Oh je, ich muß zur Besprechung!" rief sie, nachdem sie auf ihre Uhr geschaut hatte, „wenn ich zu spät komme, dann gibt es Ärger und dann wird es nichts mit Insel und so! Also, bis nachher! Dann sehen wir uns auch nach der entsprechenden Begleitung für heute um!" rief sie und stürmte davon.

„Wir haben denselben Weg", sagte Petra achselzuckend und trottete hinter Conny her über den Rasen zu ihrer Unterkunft.

Die Unterkunft war ein langgestrecktes Holzhaus, das den Grundriß eines überdimensionalen Rechteckes besaß. Es gab zwei dieser Gebäude, die sich wie Zwillinge glichen. Das eine lag auf der rechten Seite eines noch größeren Holzgebäudes, das andere auf der linken Seite davon. In dem noch größeren Holzgebäude befanden sich der Speisesaal und die Küche. Hinter dem Gebäude mit dem Speisesaal lag ein weiteres Gebäude, das dem großen sehr ähnlich war, es war nur viel kleiner. Hier waren die Waschräume und Toiletten untergebracht. Der Speisesaal diente auch als Aufenthaltsraum. Hier fanden die Gruppenabende und ähnliche Veranstaltungen statt. Auch bei schlechtem Wetter konnte man hier seine Zeit verbringen, wenn man sich nicht in seinem Zimmer aufhalten wollte. Das wollte eigentlich niemand freiwillig länger als nötig. Die Zimmer waren in den beiden Gebäuden neben dem großen Gebäude untergebracht. Es gab ein Gebäude für die Jungen und eines für die Mädchen. Alles fein säuberlich getrennt. Die Zimmer selber hatten eine Größe von ungefähr 250 mal 150 Zentimetern. Das Gebäude selber war etwa fünf Meter breit und mehr als doppelt so lang. An den beiden Längsseiten lagen in regelmäßigen Abständen kleine Türen. Auf jeder Seite waren es acht. Hinter jeder der Türen befand sich ein Zimmer für vier Insassen. Wenn man den Raum durch die Tür betreten hatte, sah man links und rechts an der Wand jeweils zwei Bretter, die als Betten dienten. An der Rückwand des Raumes waren zwei weitere Bretter befestigt, die von links nach rechts über die ganze Breite des Zimmers gingen. Sie befanden sich in einer Höhe mit den Schlafbrettern. Hier konnte man seine persönlichen Sachen ablegen. Schränke oder etwas Ähnliches gab es nicht. Es gab auch kein Bettzeug. Jeder hatte sich seinen Schlafsack mitgebracht. Und jeder, der schon einmal hier gewesen war oder jemanden kannte, der schon einmal hier gewesen war, hatte auch noch eine gut gepolsterte Isomatte dabei. Lichtquellen gab es zwei: In dem oberen Drittel der Tür befand sich ein etwa 40 mal 40 Zentimeter großes Fenster, das man auch öffnen konnte. Außer der Tür selber stellte dies die einzige Möglichkeit einer Frischluftzufuhr dar. Die zweite Lichtquelle war nicht etwa eine Lampe, sondern ein Fenster, das sich in dem angeschrägten Dach des Zimmers befand. Dieses Fenster war seit Bestehen der Hütte wahrscheinlich nie geputzt worden und so war der Lichteinfall entsprechend gering. Mit der Dunkelheit wurde es noch dunkler in dem Zimmer. Zum Glück gibt es im Norden die Mitternachtssonne und so ließ sich das Fehlen elektrischer Lichtquellen ertragen. Außerdem hatte jeder, der schon einmal hier gewesen war oder jeder, der jemanden kannte, der schon einmal hier gewesen war, eine Taschenlampe und eine genügend große Anzahl Batterien für diese Taschenlampe dabei.

In diesem Zimmer also verbrachte man die Nächte. Zumindest einen Teil der Nächte. Eigentlich hielt man sich keinen Augenblick länger in diesem Raum auf, als es unbedingt notwendig war. An warmen Abenden saß man unten am Ufer im Sand oder einfach im Gras vor der Hütte und nahm lieber in Kauf von den Mückenmassen zerstochen zu werden, als in dem Raum, der sich Zimmer nannte, zu ersticken.

Petra lag rücklings auf dem Brett, das ihr als Bett diente und starrte an die Decke des Raumes. Der bisherige Verlauf der Reise hatte sie nicht enttäuscht, aber irgendwie fühlte sie sich leer und verloren. In ein paar Tagen wurde sie sechzehn. Sechzehn! Das war ein Alter, in dem ein neues Leben begann. So hörte sie es jedenfalls immer wieder. Sie fragte sich, was da anders sein sollte, als es jetzt war. Gut, sie war kein kleines Mädchen mehr, das hatte sie schon bemerkt: Ihr Körper hatte sich im letzten Jahr ziemlich verändert. Abgesehen davon, daß sie ihre Tage bekommen hatte, hatte sich auch sonst Einiges verändert. Nicht zum Vorteil, wie sie fand, wenn sie sich im Spiegel betrachtete. Früher konnte sie essen was und so viel sie wollte und nahm nicht zu. Das war jetzt anders: Sie hatte fast fünf Kilo zugenommen in den letzten Monaten und fand alles an sich zu fett. Besonders ihre Oberschenkel und ihren Hintern, der ihr ins Unermeßliche gewachsen zu sein schien. Im Laufe des Winters waren ihre Jeans immer enger geworden, so daß sie am Ende Ewigkeiten brauchte, um sich hineinzuzwängen.

„Das ist Winterspeck! Der geht schon wieder weg!" hatte Karin gesagt.

Karin hatte gut reden: Sie bestand aus Winterspeck! Und, sie schien sich wohl zu fühlen, so, wie sie war. Petra befürchtete, bald genauso wie sie auszusehen. Das hatte ihr Angst gemacht und sie hatte eine dieser Diäten angefangen. Das Ergebnis war, daß sie sich nicht mehr richtig konzentrieren konnte, schlechte Laune bekam und am Ende doch neue Jeans kaufen mußte, die eine Nummer größer waren.

Ja, ihr Körper gefiel ihr nicht. Sie fühlte sich nicht wohl in ihm. Ihre Brüste waren auch gewachsen, aber nur ein bißchen.

„Ja, wenn die Dinger so zugelegt hätten, wie mein Hintern!" hatte sie zu Karin gesagt, „dann könnte man damit was anfangen!"

„Das wird schon noch!" hatte Karin geantwortet, „schau Dir Conny an!"

„Ja, die hat schöne Brüste!" hatte Petra anerkennend gesagt.

„Aber auch erst seit dem letzten Sommer!"

Petra hatte zustimmend genickt: Noch im letzten März war Conny flach wie eine Flunder. Dagegen hatte Petra richtig Oberweite gehabt. Und dann, sozusagen von einem Tag auf den anderen, schwupps, waren diese Dinger riesig. Das gab Petra etwas Zuversicht, wenn sie sich morgens anzog und dabei betrachtete.

Und, so unwohl sie sich fühlte und so wenig die Reise bisher ihre allgemeine Stimmung heben konnte, so hatte das Ganze zumindest eine gute Seite: Das Essen war hier so schlecht, daß sie in der ersten Woche schon ein Kilo abgenommen hatte.

„Petra? Kommst du!" Es war Karin, die in das Zimmer gekommen war.

„Was gibt es denn?" wollte Petra wissen.

„Das Essen ist fast fertig!"

„Kannst du Gedanken lesen?"

„Ich? Wieso?"

„Ach, nichts, ich komm´ ja schon!" Petra richtete sich auf und ließ sich von dem oberen Brett hinunter gleiten.

„Hast du geschlafen?"

„Etwas", sagte Petra und verließ den Raum.

„Laß´ uns vor dem Essen noch einen kleinen Rundgang durch´s Revier machen!" schlug Conny vor, die draußen gewartet hatte.

„Rundgang durch welches Revier?"

„Karin, welches Revier könnte Conny wohl meinen?"

„Ah! Boys!"

„Genau! Neuzugänge checken! Denkt an heute Abend! Los!"

„Gut, das wäre geschafft!" stöhnte Olaf und ließ sich der Länge nach ins Gras fallen. In der einen Hand hielt er den Gummihammer und in der anderen zwei

Heringe.

„Du tust ja gerade so, als wenn du Ewigkeiten geschuftet hättest", feixte Tilo.

„Habe ich ja auch."

„Ha, ha."

„Du brauchst dich gar nicht lustig machen, das ist harte Arbeit – für mich jedenfalls!"

„Jau! Hoffen wir mal, daß du nie in deinem Leben richtig arbeiten mußt, Herr Professor!"

„Lieber Professor als mit deiner Intelligenz gesegnet zu sein!"

„Ich glaube, die Hitze bekommt dir nicht so gut", Tilo war aus dem Innern des Zeltes gekrochen und stand jetzt vor dem noch immer im Gras liegenden Olaf.

„Die skandinavische Hitze – vor allem die in der Nacht, stimmt", sagte Olaf und setzte sich auf. Er betrachtete das kleine Igluzelt, das nun vor ihm stand. Heute hatten sie es zum vierten Mal aufgebaut. Es war relativ schnell gegangen. Inzwischen hatten sie eine gewisse Routine darin entwickelt. Er dachte an den ersten Abend unter schwedischen Sternen, als sie an einem anderen See gestanden hatten, der durchaus auch dieser See hätte gewesen sein können. Der einzige Unterschied war, daß es dort keinen Campingplatz gegeben hatte. Nur Bäume und dieses Gestrüpp. Das war im Nachhinein auch ganz gut so, denn Tilo und er hatten sich ja bei ihrer Zeltbaupremiere nicht gerade mit Ruhm bekleckert. Immerhin hatte es Tilo tatsächlich fertig gebracht, seinen Vater im Verlauf des nächsten Tages auf das Thema anzusprechen. Dieter war, wie nicht anders erwartet, begeistert und hatte diese Begeisterung am folgenden Abend in die Tat umgesetzt. Der Aufbau an diesem Abend hatte noch länger als an dem davor gedauert, aber danach hatten sie es kapiert. Jetzt stand es wieder vor ihm, das Zelt und erwartete ihn für die nächste Nacht. Es war groß genug für ihn und Tilo. Vielleicht hätte man auch noch eine dritte Person hineinquetschen können, aber nur vielleicht. Olaf überlegte, wie groß so ein Zelt wohl sein mochte:

„Zwei mal zwei Meter, ja, wenn überhaupt".

„Was ist mit zwei Metern? Die Reichweite deiner Intelligenz?"

„Nee, die Länge deiner Leitung!"

„Warte!" Tilo ließ sich auf Olaf fallen und die beiden rollten hin und her über die Wiese. Auf einmal hielt Tilo wie vom Blitz getroffen inne.

„Was ist jetzt?"

„Da, da hinten, da!" stotterte er und zeigte mit dem rechten Arm auf irgendetwas hinter Olaf.

„Was ist da hinten denn so tolles, Nessie?"

„Jau, aber was für eine und nicht nur eine! Ich hab´s dir ja gesagt, ich hab´s dir ja gesagt!"

„Wem hat die Sonne wohl mehr geschadet?"

„Jau!" Tilo starrte noch immer auf den Punkt hinter Olaf.

„Na, was ist da nun, wollen wir doch mal schauen", sagte Olaf und drehte seinen Kopf in die Richtung von Tilos Arm. „Aha". Olaf sah Tilo fragend an: Er sah nichts als Bäume und den kleinen Pfad, der an ihrem Zelt vorbei führte.

„Eben waren sie noch da, ehrlich!"

„Wer war eben noch da?"

„Die Torten, Olaf, die Torten!"

„Torten? Tickst du noch richtig?"

„Na, Torten Alter, Mädels, verstehst du?"

„Torten? Wo hast du das denn schon wieder aufgeschnappt?" Olaf sah Tilo an, „ist auch egal, ich will es gar nicht wissen. Da sind sowieso keine wie auch immer du sie nennen willst!"

„Sie waren da, ehrlich!" Tilos Stimme bekam einen leicht verzweifelten Klang.

„Ja, genauso, wie es Nessie gibt, ich weiß. Nichts für ungut, netter Versuch!" Tilo ging ihm allmählich auf die Nerven: Andauernd lag er ihm in den Ohren, was es hier auf dem Platz für tolle Mädels gibt und, wie leicht man mit denen rummachen konnte. Erstens hatte Olaf im Moment sowieso keinen Nerv dafür und außerdem bedeuteten Tilos Phantasien Ärger mit dessen Eltern. Um genug Zeit zur Umsetzung seiner Pläne zu haben, hatte er ihnen erklärt, daß er und Olaf am nächsten Tag mal so richtig ausspannen wollten und ihn daher auf dem Platz verbringen wollten und nicht an den Ausflügen teilzunehmen gedachten. Das kam bei Marlies und Dieter nicht sonderlich gut an und wurde am Ende nur zähneknirschend akzeptiert. Die Stimmung war dadurch sehr gespannt. Olaf hatte nicht gewagt, seinem Freund vor den beiden zu widersprechen. Sie hatten anschließend eine ausführliche Diskussion darüber, wie sinnvoll es wohl sei, den ganzen Tag im Nichts zu sitzen und auf irgendwelche nicht vorhandenen Mädels zu warten. Und nun ging das wieder los.

„Du wirst schon sehen, ich habe mir das nicht eingebildet, ich…" Tilo brach mitten im Satz ab und fuchtelte jetzt wieder mit dem ausgestreckten Arm:

„Da, da! Ich hab´s gesagt, ich hab´s gesagt!"

„Tatsächlich!" Olaf traute seinen Augen nicht: Ein Stück weiter liefen drei Mädchen vom Ufer her kommend den Weg entlang auf den Platz zu, an dem ihr Zelt stand. Tilo hatte die Wahrheit gesagt. Olaf nickte anerkennend. Dann schaute er wieder zu den drei Mädchen. Irgendwie kamen sie ihm bekannt vor. Als sie nur noch ein paar Meter entfernt waren, erkannte er sie: „Das darf doch nicht wahr sein!" rief er noch und war mit einem Satz im Zelt verschwunden, gefolgt von einem völlig verständnislosen Blick seines Freundes.

„Hi!" hörte er kurz darauf Tilos Stimme und dann folgte irgendetwas in einer anderen Sprache, das Olaf nicht verstand. Er hatte sich hinter dem Fliegengitter im Innern des Zeltes in Position gebracht und konnte alles beobachten, was da draußen vor sich ging, ohne selbst gesehen zu werden. Den Gesichtsausdrücken der drei Mädchen konnte Olaf entnehmen, daß sie Tilo genauso wenig verstanden hatten, wie er. Alle drei starrten ihn fragend an. Tilo wiederholte seinen Satz. Diesmal betonte er jedes einzelne Wort. Die drei kicherten, tuschelten und zuckten mit den Schultern. Tilo sah ein, daß er so nicht weiterkam. Er änderte seine Taktik:

„Du ju spiek englisch?" kam es nun aus seinem Mund. Tilo war sehr gut in Naturwissenschaften, seine sprachliche Begabung hielt sich dagegen in sehr engen Grenzen. Die drei Mädchen schauten ihn noch immer an, ohne etwas zu sagen. „Du ju anderständ mi?" Tilo gab nicht auf. Olaf kannte ihn und wußte, wie penetrant Tilo sein konnte. „Du ju anderständ mi?" wiederholte Tilo.

„Yes, a little", sagte Conny und nickte verhalten mit dem Kopf.

„Mensch, Olaf, hast du gehört? Sie verstehen mich! Klasse", rief er in Richtung Zelt, „und jetzt paß auf und lerne!" Er wandte sich wieder den Mädchen zu:
„My name is Tilo", sagte er auf sich zeigend und erneut jedes einzelne Wort betonend, „and sis is mei frent Olaf". Er deutete auf das Zelt.

„My name is Conny", sagte Conny „your friend, is he sick?" sie deutete auf das Zelt.

„Sick…, sick?", Tilo sah sich hilfesuchend um, aber es war niemand da, der ihm hätte helfen konnte. Er

kratzte sich mit der einen Hand am Hinterkopf. „Sick",
wiederholte er, ohne daß ihn das auch nur einen Schritt
weiter brachte. „Yes, äh no, he is my frent, du ju
anderständ?"

„Ah, Conny!" sagte Petra und gab ihrer Freundin
einen leichten Stoß in die Seite, „I understand! He is his
f r i e n d !"

„Oh! Yes, his friend, surely", Conny hatte Petras
Wink verstanden. Die beiden grinsten sich an. "You are
a couple of gay boys!"

„Yes", sagte Tilo und sein Gesicht nahm eine
gewisse Röte an, „wir sind schon manchmal geil, äh,
we like making love!"

„You make love with your friend?"

„Frent? Yes, natürlich, we frents, gerne: always love
with frents!"

„And kisses too?"

„Kisses! Oh, yes, very, very. Du like make kisses
auch?"

„We love it!"

„Wauw! Sie lieben es!" Tilos Aufregung wuchs immer
weiter, "ju want to meet my frent and me? We have
somesing to drink!"

„Drink?"

„Äh, drink, trinken, we drink – Wodka, Rum. Ju
anderständ?"

„Oh, you are alcoholics!"

„Yes, Alkohol, much Alkohol!"

„Poor boys!" sagte Conny und zog einen
Schmollmund.

„Not only boys. Trinken, zusammen, together? In the
evening?"

„One moment, please!" Die drei kicherten und
steckten ihre Köpfe zusammen.

Tilo beugte sich zum Zelt hinunter und flüsterte Olaf

zu: „Hast du das gehört, Alter! Das wird eine Sache! Und: Vergiß bitte nicht, wer das klar gemacht hat, du kannst eine haben, aber - die mit dem großen Vorbau gehört mir, verstanden?"

„Geht schon klar. Tilo?"

„Was?"

„Ich glaube, dein Vorbau will dir etwas mitteilen!"

„Oh, sorry, my frent, you underständ?"

„Yes, love!" sagte Conny mit einem wissenden Lächeln um die Mundwinkel.

„Yes, love, in the evening?"

„Okay."

„Äh, at se water, da unten!" Tilo zeigte mit seinem Arm in die Richtung des Steges.

„Okay. And your friend?"

„Yes, wis my frent!"

„Do you have good sex with him?"

„Sex? Wauw! Yes, sex is good!"

„In the tent?"

„Yes, in the tent, later. Erst beach, dann tent, yes?"

„Yes. You show in the evening?" Conny machte eine entsprechende Bewegung.

„Klar, sure, sehr gerne, äh: yes! Um acht, eight o´clock?"

„Eight o´clock, bye!" sagte Conny und die drei gingen kichernd weiter. Sie ließen einen sehr zufrieden wirkenden Tilo zurück.

„Klar, werde ich euch was zeigen – besonders dir!" Er machte Connys Handbewegung nach, „du wirst staunen! Den Abend wirst du nie vergessen, du Sahnetörtchen! Ha, Olaf! Hast du das gehört? Jau, das war´s. Das wird ein Ding heute Abend!"

„Ja, ganz bestimmt", sagte Olaf, der seinen Kopf aus dem Zelt gesteckt hatte, sobald die drei ihn nicht mehr sehen konnten, „weißt du eigentlich, worüber ihr da gesprochen habt?"

„Na klar, ich habe einen tollen Eindruck bei denen hinterlassen und heute Abend, da geht es dann so richtig zur Sache! Denk´ dran, die eine gehört mir, du weißt schon, die…"

„Ach, weißt du, du bist mir eigentlich genug!" Olaf war aus dem Zelt gekrochen und hatte seine Arme von hinten um Tilos Hüften gelegt. Jetzt drückte er seinen Kopf sanft gegen dessen Rücken, „wir beide gegen den Rest der Welt, mein Süßer!"

„Bist du noch!" Tilo hatte sich losgerissen und starrte mit weit aufgerissenen und völliges Unverständnis ausdrückenden Augen in Olafs Gesicht. Der warf ihm eine Kußhand zu:

„Das ist es, was ich schon immer am meisten an dir mochte: dein ungestümes Temperament, deine wilde Leidenschaft! Komm her, mein Stier!" Olaf näherte sich langsam Tilo.

„Bleib´ stehen, ich hol´ dir Wasser oder eine Tablette oder sowas!" Tilo streckte beide Arme in Abwehrhaltung vor sich.

„Was? Willst du jetzt auf einmal nicht mehr zu unserer Beziehung stehen? Du enttäuschst mich!"

„Beziehung? Was faselst du da eigentlich für einen Müll!"

„Ich? Du hast doch so von unserer Beziehung geschwärmt!"

„Ich? Wann?"

„Na, eben!"

„Was habe ich?"

„Komm, setz´ dich neben deinen Lover und lausche ihm!" sagte Olaf und legte seinen Arm um Tilos Schultern. „Also…", begann er, „…und nun halten sie uns für ein schwules Pärchen und wollen heute Abend eine kleine Vorstellung von uns!"

„Du machst Witze, oder?"

Olaf schüttelte seinen Kopf.

„Keine Witze?"

„Keine Witze."

„Und nun?"

„Nun bin ich gespannt auf heute Abend!" sagte Olaf und klopfte Tilo aufmunternd auf die Schulter, „Aber ich glaube, du gehst da doch besser alleine hin – unsere Liebe ist noch so jung und nicht reif für die Öffentlichkeit…"

„Und es bleibt wirklich dabei: Heute Nacht?" Karin sah Conny fragend an.

„Natürlich! Alles, wie besprochen." Conny lächelte.

„Und die Typen?"

„Karin!" Petra sah sie strafend an.

„Na, was denn! Darum geht es doch, oder?"

„Klar, worum denn sonst?" Conny zappelte nervös auf ihrem Stuhl hin und her.

„Von mir aus müßten die nicht dabei sein!" sagte Petra und stocherte mit der Gabel in der grünen Masse herum, die sich auf ihrem Teller befand:

„Was soll das eigentlich sein?"

„Gemüseauflauf!" Karin kicherte, „das stand jedenfalls auf dem Menüplan."

„Menüplan ist gut!" sagte Petra und stocherte weiter.

„Ist doch egal, was es ist, Hauptsache es füllt den Magen – Grundlage – ihr versteht?" Conny sah ihre Freundinnen an.

„Gibt es eigentlich noch was Anderes für Dich, außer Sex and Drugs?" sagte Petra kopfschüttelnd.

„Ja, wenn ich lange genug nachdenke, bestimmt!" grinste Conny, „Karin, hast du das Zeug?"

„Ja, zwei Flaschen aus deinem Vorrat, aber nur für den Notfall – den Stoff sollten doch die Typen besorgen. Ist doch das Mindeste, dafür, daß wir unsere kostbare Zeit mit denen vergeuden!"

„Eintrittsgeld, sozusagen!"

„Wauw, Pit, du überraschst mich!"

„Glaubst du, ich lebe auf dem Mond, Conny?"

„Manchmal schon!"

„Seid friedlich, Kinder!" sagte Karin.

„Sind wir ja!" kam es gleichzeitig aus Petras und Connys Mund.

„Na dann, Essen und fertig und Abräumen und raus!"

„Nichts lieber als das!" sagte Petra und schob ihren fast vollen Teller zur Seite.

Karin sah sie verständnislos an:

„Wenn du so weitermachst, dann fällst du noch völlig vom Fleisch! Du bist sowieso schon eine Hungerharke!"

„Und wenn du so weitermachst, dann…" begann Petra, besann sich aber eines Besseren und fuhr fort: „…dann kommen wir heute gar nicht mehr von hier weg!"

Petra stand auf und begann, das Geschirr einzusammeln. Hierzu diente ein Holzgestell, an dem sich unten vier kleine Rollen befanden. Connys Gruppe hatte heute Küchendienst. Zum Glück war im Moment außer der „Knittergruppe" nur noch eine andere Gruppe im Ferienlager. Eine gemischte Schülergruppe irgendwo aus England. Sie waren gestern eingetroffen und Conny hatte sofort Kontakte zu den „lovely boys" aufgenommen. Mit ein paar von denen hatten sie sich für den Abend verabreden wollen. Das hatten sie aber verschoben, nachdem sie diesen merkwürdigen Tilo getroffen hatten. Ein Abend mit ihm und seinem Freund versprach ein noch größeres Vergnügen zu werden. Das mit den Engländern konnte noch warten.

„Los, kommt, es wird Zeit!" Conny war aufgestanden und hatte vorsichtig die Tür des Raumes einen Spalt breit geöffnet: „Nichts zu sehen! Die Luft ist rein!"

„Dann ab!" hörte man Karin sagen.

„Pssst! Karin, nicht so laut!"

„Entschuldige, Conny", sagte Karin, die über ihre Tasche gefallen war.

„Habt ihr die Taschenlampen?" fragte Conny.

„Wozu? Ist doch hell!" sagte Petra.

„Auch wieder richtig. Also los!"

Nacheinander schlüpften die drei aus der Tür hinaus in die nicht dunkle Dunkelheit.

Vor den Unterkünften lag eine relativ große Wiese. Hinter der Wiese ging es zum Ufer des Sees. Man mußte einen kleinen Abhang hinunterklettern und ein Waldstück durchqueren. Das Ganze dauerte keine fünf Minuten. Hinter den Bäumen war ein etwas breiterer Weg. Er diente als Zufahrtsstraße für die anderen Gäste des Zeltplatzes: Die Wohnmobile und die richtigen Camper mit ihren Zelten. Der Platz für die Wohnmobile befand sich ein Stück weiter links, unterhalb der Einfahrt. Der Sandstrand lag zwischen dem Platz für die Wohnmobile und dem für die Zelte. Im Augenblick war es relativ leer auf dem ganzen Platz.

Für das Vorhaben der drei Mädchen war das ideal: Niemand sonst war am Ufer um diese Zeit. In einigen der wenigen Wohnmobile sah man Lichtschein. Bei den Zelten war alles dunkel. Petra konnte sich nicht entsinnen, überhaupt ein anderes Zelt als das von diesem Tilo gesehen zu haben in den letzten Tagen.

„Gleich sind wir da!" sagte Conny möglichst leise.

„Gut, daß es nicht dunkel wird, sonst würde man sich ja alle Knochen brechen!" hörte man Karin stöhnen, die schon wieder über irgendeine Wurzel gestolpert war.

„Ja, du bringst es fertig und brichst dir auch bei dem Licht noch die Knochen!" sagte Petra.

Die drei bewegten sich am Waldrand entlang parallel zum See. Etwa fünfzig Meter entfernt sah man eine Art Holzsteg einige Meter weit ins Wasser führen, an dessen Ende sich eine Plattform befand. Am Tage konnte man sich dort in die Sonne legen und ab und an ein erfrischendes Bad im See nehmen. Jetzt lag alles verlassen da. Sie hatten die Stelle erreicht, an der der kurze Steindamm begann, der zu dem Holzsteg führte.

„Na, wo sind sie?" fragte Petra und drehte sich dabei einmal um sich selbst.

„Ja, wo sind die Boys Conny?" wollte nun auch Karin wissen.

„Bin ich ihr Kindermädchen?" Conny hob ihre Arme, „keine Ahnung, die werden schon noch kommen!"

„Na, hoffentlich! Das wird ein toller Spaß!" sagte Karin erwartungsvoll.

„Oder sie haben gekniffen!"

„Petra! Das wäre zu schade, oder?"

„Ja, zu schade!" prustete Petra, „schließlich wollen wir was sehen für unser Geld!"

„Da! Was war das?" Karin zuckte zusammen.

„Was?"

„Da war ein Geräusch!" Conny und Petra sahen Karin skeptisch an:

„Du hörst Gespenster!" sagte Conny.

„Ehrlich, da hinten!" Sie deutete auf die Büsche zwischen den Bäumen, „da war was!"

„Vielleicht ein Tier!" versuchte Petra Karin zu beruhigen.

„Genau, gibt hier bestimmt Wölfe und anderes

Viehzeug!" sagte Conny, ohne eine Miene zu verziehen.

„Hör auf, du machst ihr Angst!"

„Stimmt, sie zittert schon!" Conny deutete auf Karin.

„Ist nicht gerade warm hier, findet ihr nicht?"

„Du bist eine Frostbeule, Karin!"

„Ach was, Kälte hin, Geräusche her. Da haben wir genau das Richtige", grinste Conny und griff in den Stoffbeutel, den Karin um die Schultern trug. Triumphierend hielt sie eine Flasche in die Höhe.

„Und?"

„Sollte das nicht die Notreserve sein?" sagte Karin skeptisch.

„Hatte ich auch so verstanden!" pflichtete ihr Petra bei.

„Na, wenn das kein Notfall ist, was denn dann?" sagte Conny und öffnete die Flasche.

„Her mit der Medizin!" Karin griff nach der Flasche.

„Hey! Nicht alles alleine!" rief Conny.

„Psssst!" machte Petra, „wollt ihr, daß uns jemand hört!"

„Und wenn schon! Knitter schläft sanft und selig und, was die anderen denken oder hören..." Conny hob ihre rechte Hand und streckte mit einem Grinsen im Gesicht den Mittelfinger nach oben. Die anderen taten es ihr gleich und die Flasche machte die Runde.

Nach einer halben Stunde war die erste Flasche geleert und die drei Damen schon gut gefüllt.

„D-die können wasch erleben, mogen!" lallte Conny und eröffnete die zweite Runde.

„Un-schämtheit, sowasch!"

„Rischtich, Pitt! Sowas mah maht man nich mit unns!" brachte Karin hervor und ging zu Boden.

„Du bischt jah trunken!" hörte man Pits Stimme, „schähm disch! Oh!" Dann saß sie neben Karin.

„Ihhr vertagt üüberhaut nichts!" prustete Conny.

„Wahs mach sie daa?" Karin zeigte auf Conny, die anfing, sich ihrer Kleidung zu entledigen.

„Nackisch! Sie macht sich nackisch!"

„Dasch glau ich nich!"

„Is aba so!"

„Conny, Du spinns!"

Man hörte ein Platschen und Conny war im See verschwunden:

„Hey! Komm rein alle, is toll!" hörte man ihre Stimme aus dem Halbdunkel. „Sur Insel, juhu!"

„Conny? Sie is weck!"

„Karin, wier müssen sie finnen!" Petra stand auf, zog sich aus und ließ sich ebenfalls in den See fallen.

„Is wirrlich schön! Los, komm!"

„Na, wenn sein muss, waatet, lass mich nich alleine hie!"

Kurze Zeit später gab es einen weiteren Platscher und man sah drei Köpfe sich durch den See bewegen. Keine zwanzig Meter entfernt ragte ein kleiner Felsen aus dem Wasser. Auf ihn bewegten sie sich zu.

„Eester!" hörte man Conny rufen, dann wurde es still.

Fünftes Kapitel

Die Vögel zwitscherten, die Wellen plätscherten an das Ufer und in der Ferne hörte man hin und wieder das Geräusch einer Motorsäge. Olaf und Tilo lagen auf einer Decke direkt am Wasser. Marlies und Dieter waren nach dem Frühstück in irgendeinen Ort gefahren, wo eine sehr alte Kirche stand. Eine noch ältere als die, die sie am zweiten Tag besichtigt hatten und eine nicht ganz so alte, wie die, die sie am ersten Tag besucht hatten. Er und Tilo hatten die Erlaubnis erhalten, einen weiteren Tag auf dem Zeltplatz verbringen zu dürfen. Olaf hatte gesagt, daß es ihm nicht so gut ging, vom Magen her und er den dreien ja nicht den Tag verderben wollte. Tilo hatte sich sofort erboten, seinem Freund Gesellschaft zu leisten und da lagen sie nun und blickten abwechselnd auf das Wasser oder in den Himmel, an dem kleine weiße Wolken langsam dahinzogen.

„Und?" brach Olaf das Schweigen, „wie war es gestern?"

„Was meinst du?" Tilo tat völlig ahnungslos.

„Du weißt schon, dein Bäckereibesuch!"

„Mein was?" Tilo hatte sich aufgesetzt und sah Olaf fragend an. Der bewegte nur seinen Kopf leicht in Tilos Richtung ohne seine bequeme Haltung aufzugeben:

„Na, deine Begegnung mit den Torten!"

„Ach, das, ja…" Tilos Zehen spielten in dem Sand vor der Decke, „ja, also, wo fange ich da an?"

„Am Anfang, wäre am Einfachsten, oder?" Olaf grinste und genoß es, wie sein Freund sich wand. Er war sehr gespannt auf die Geschichte, die nun folgen würde. Tilo hatte eine rege Phantasie in solchen Dingen.

„Also, begann er schließlich, das war so…" Olaf lag entspannt im Sand und erfuhr, welches große Abenteuer Tilo in der letzten Nacht erlebt hatte: „Du weißt ja noch, daß ich das alles gestern nicht so gut verstanden hatte, na ja, mein Englisch eben. Ich bin also hin zu dem Treffpunkt. Natürlich war ich viel zu früh da, klar, ich wollte sicher sein, das ich zuerst da bin. War ich dann ja auch. Jau, ich habe also gewartet und gewartet, eine ganze Weile. Ich wollte schon wieder gehen, als die drei plötzlich aufgetaucht sind. Ich habe ihnen dann gesagt, daß ich nicht schwul bin, ja, schau nicht so: Ich habe mir das vorher aus dem Wörterbuch rausgesucht. Die haben mich auch verstanden und haben nach meinem Freund gefragt. Ich habe denen dann gesagt, daß dem das zu peinlich war. Ja, deshalb ist er nicht mit. Was? Warum schaust du die ganze Zeit so komisch?"

„Ich schaue nicht komisch, ich warte nur!"

„Worauf?"

„Das mal was passiert – oder", Olaf machte eine Pause, „war das alles jetzt?"

„I wo, wo denkst du hin! Das geht erst los jetzt! Aber, das kann ich nicht so genau beschreiben, man ist ja schließlich Gentleman! Du brauchst gar nicht so schauen. Du bist nur neidisch, daß du nicht dabei warst!"

„Worauf sollte ich neidisch sein, es ist ja noch nichts passiert, außer, daß du gewartet hast und die drei gekommen sind."

„Ja, die wollten dann natürlich einen Beweis dafür, daß ich wirklich nicht schwul bin, also auf Mädchen stehe!"

„Was für einen Beweis?"

„Einen Kuß wollten die!"

„Einen Kuß? Und das soll ein Beweis sein? Auch Schwule küssen ihre Freundinnen!"

„Genau! Das haben die dann auch gesagt, nachdem ich alle drei damit beglückt hatte. Sie wollten dann noch mehr Beweise."

„Und?"

„Das ist jetzt peinlich, wirklich!"

„Du hast damit angefangen, laß hören!"

„Na, die mit dem Vorbau, du erinnerst dich?"

„Ich erinnere mich."

„Die hat ihre Bluse aufgemacht und dann den BH ausgezogen und ich sollte dann ihre Brüste in die Hände nehmen!"

„Du solltest was?"

„Ja, wirklich! Äh, die wollten sehen – na, ob mir dabei einer, na eben, ob das wirkt!"

„Du meinst, ob du einen hoch kriegst?"

„Wenn du es so direkt sagen willst, ja, genau das."

„Und? Hast du?"

„Klar habe ich, was denkst du, war nicht weiter schwierig: Wie eine eins!"

„Und hast du?"

„Was?"

„Bewiesen, daß es kein Trick war?"

„Du meinst, ob ich…"

„Genau – und?"

„Klar, klar habe ich. Nicht gleich, die anderen waren ja noch dabei. Ich bin dann mit der einen ein Stück weiter. Toll, war einfach toll."

„Und die anderen?"

„Äh, die haben gewartet und dann – na dann bin ich mit der zweiten und der dritten danach…" Tilo war jetzt völlig in seinem Element. Seine Phantasie hatte sich verselbständigt und war nicht mehr einzufangen.

„Mit allen dreien?" Olaf versuchte Anerkennung und Staunen in den Tonfall seiner Stimme zu legen.

„Ja, mit allen und dann nochmal – zwei sind dann weg – mit der mit dem Vorbau."

„Nochmal?"

„Noch zweimal! Man, ich sage dir, das war einfach genial!"

„Du bist ja unersättlich. Das hätte ich dir gar nicht zugetraut."

„Jau, man muß die Torten nehmen, wie sie fallen!"

sagte Tilo sehr zufrieden, „und: es kommt eben nicht nur auf die Fremdsprachenkenntnisse an, Alter!"

„Ja, das hast du nun bewiesen. Und?"

„Was denn noch?"

„Triffst du dich heute wieder mit ihnen?"

„Heute?"

„Ja, heute! Wo sind sie überhaupt? Vielleicht stellst du sie mir ja mal vor, deine neuen Haremsdamen! Könnte ja sein, daß vielleicht doch noch eine Mitleid hat und sich mit mir abgibt."

„Klar, aber heute, heute da – sie machen einen Ausflug mit ihrer Gruppe heute. Sind erst spät zurück. Sehr spät. Wird wohl erst morgen wieder was. Was sehr schade ist."

„Ja, sehr schade. Wie wirst du nur die Nacht überleben? So einsam, so allein und so unbefriedigt! Du tust mir wahnsinnig leid, ehrlich!"

„Danke für dein Mitgefühl, du bist ein echter Freund!"

„Ja, bin ich!" dachte Olaf und ließ Tilo im Glauben, daß er ihm seine Geschichte abgekauft hatte, „aber jetzt muß ich ein bißchen abschalten. Ich muß das alles erstmal verdauen, was du mir da erzählt hast!"

„Jau, verständlich. Würde mir genauso gehen." Tilo lag jetzt genauso ausgestreckt wie Olaf im Sand und im Innern erzählte er sich seine Geschichte ein zweites und drittes Mal.

Olaf schloß die Augen und dachte an den gestrigen Abend…

Es war ein Abend wie all die anderen Abende bisher. Tilo und er hatten mit Marlies und Dieter gegessen und danach noch bei einem Bier zusammen gesessen. Dann hatten er und Tilo sich verabschiedet und waren zu ihrem Zelt gegangen. Olaf war hineingeschlüpft und Tilo ihm gefolgt.

„Es wird langsam Zeit, oder?" Olaf hatte Tilo angesehen.

„Wofür?"

„Na, für dein Abendprogramm, deinen Konditoreibesuch."

„Ach, den. Ja, klar." Man hatte ihm deutlich angesehen, daß er gehofft hatte, Olaf hätte die Sache im Laufe des Tages vergessen. Nun war er gezwungen, sich keine Blöße zu geben. „Ich wollte mich nur noch ein bißchen entspannen vorher, du verstehst?"

„Sicher!"

„Und du willst bestimmt nicht mit?"

„Bestimmt nicht!"

„Du weißt nicht, was du versäumst, ehrlich!"

„Ich kann es mir ungefähr vorstellen, danke."

„Letzte Chance!"

„Danke!" hatte Olaf sehr bestimmt gesagt und Tilo hinterher gesehen.

Kaum hatte der sich einige Meter vom Zelt entfernt, hatte Olaf vorsichtig den Reißverschluß des Innenzeltes geöffnet und war hinaus geschlüpft. Er hatte den oberen Weg durch den Wald gewählt, um unbemerkt zum Steg zu gelangen. Als er dort angekommen war, hatte er dort niemanden gesehen. Er hatte es sich so gut es ging hinter einem Gebüsch bequem gemacht und gewartet.

Keine fünf Minuten später hatte er Stimmen gehört, weibliche Stimmen, die sich zu nähern schienen. Sie hatten geflüstert und er hatte nichts verstehen können. Dann hatte er sich ganz tief zwischen die Büsche vor ihm ducken müssen: Die drei Mädchen aus dem Supermarkt waren um eine Armeslänge an seinem Versteck vorbeigegangen hinunter zum Steg. Sie hatten ihn nicht bemerkt.

Unten waren sie stehen geblieben und hatten sich

unterhalten. Von dieser Unterhaltung hatte Olaf jedes Wort verstanden. Tilo war und blieb verschwunden. Olaf hatte überlegt, wo er wohl geblieben sein könnte. Er hatte versucht, sich in seinem Versteck umzudrehen um nach ihm Ausschau zu halten. Dabei war einer der Äste neben ihm abgebrochen und das Knacken hatte in der Stille wie ein Gewehrschuß in seinen Ohren geklungen. Blitzschnell hatte er sich fallen gelassen. Die drei hatten kurz in seine Richtung geschaut. Eine von ihnen glaubte etwas gehört zu haben, aber die anderen hatten sie wieder beruhigt. Olaf hatte aufgeatmet und nun die ganze folgende Szene aus seinem Versteck weiter beobachtet. Die Zeit schien sich endlos zu ziehen, aber schließlich war er wieder alleine und hatte sich zum Zelt zurückziehen können, wo er Tilo friedlich schnarchend vorgefunden hatte. Ja, so hatte **er** den gestrigen Abend in Erinnerung.

„Ah, mein Kopf!" Conny preßte beide Hände gegen ihre Stirn.

„Das kommt davon, wenn man seine Grenzen nicht kennt!"

„Du hast gut reden, Pit, wenn du meinen Kopf hättest!" Conny saß in ihrem Bett und sah schrecklich aus.

„Und, wie geht es ihr?" Karin hatte den Raum betreten.

„Sieh sie dir an", Petra zeigte auf Conny, „wenn du dann noch Fragen hast…"

„Oh je, oh je!" jammerte Karin.

„Na, so schlimm wird es doch nicht sein, oder?" Conny sah ihre Zimmergenossinnen an, „oh nein, noch schlimmer?" Die beiden nickten stumm. „Ich kann mich an nichts mehr erinnern. Nur noch, daß die Typen nicht gekommen sind und dann hat man mich gezwungen, in den See zu springen!"

„Gezwungen?" Petra ließ ihren Kopf von der rechten auf die linke Schulter fallen, „gezwungen ist wohl nicht ganz das richtige Wort..."

„Jedenfalls war ich in dem See, oder?"

„Oh ja, wenn jemand in dem See war, dann du!" Karin schüttelte sich.

„Nun erzählt schon – ich weiß wirklich nichts mehr!"

„Na, dann hör mal zu und staune..." begann Petra. Und Conny hörte zu und staunte.

„Und was habe ich dann auf der Insel gemacht?"

„Nicht fiel. Eigentlich bist du nur, so wie du warst, ins Moos gefallen und hast fürchterlich geschnarcht."

„Geschnarcht?"

„Ja, wie ein Holzfäller!"

„Und, was habt ihr gemacht?"

„Wir haben versucht, dich wiederzubeleben! Was sonst!" sagte Karin.

„Ja, irgendwie mußten wir ja wieder zurück. Es war schon ziemlich spät oder besser: früh und kalt war es auch."

„Wir haben dir die Nase zu gehalten und irgendwann bist du wieder zu dir gekommen – mehr oder weniger..."

„...jedenfalls hat es gereicht, um dich zu Wasser zu lassen..."

„...wir haben dich zum Ufer gezogen..."

„...das war nicht leicht! Zum Glück hat Pit einen Rettungsschwimmer..."

„...ja, wie ein Stein hast du an uns gehangen und schließlich hatten wir ja auch was getrunken, das darf man nicht vergessen..."

„...eigentlich eine überwältigende Leistung, wenn

man so darüber nachdenkt!" Karins Gesichtszüge verklärten sich, „schade, daß man damit nicht angeben kann!"

„Ja, wer den Schaden hat!" Conny faßte sich wieder an die Stirn, „Weiter!"

„Das war es eigentlich: Es war unmöglich, dich dazu zu bewegen, deine Sachen anzuziehen…"

„…also haben wir dich so, wie du warst, hierher gezogen…"

„Ihr meint: Getragen!"

„Nee, wir meinen: Gezogen!"

„Hast du schon mal versucht, jemanden zu tragen, der sich nicht rührt? Das ist, als wenn man einen Zementsack schleppt!"

„Nur gut, daß du nicht den Körperbau von Karin hast!"

„Also, bitte, keine Anzüglichkeiten! Ich kann nichts für meine kräftige Statur, das ist genetisch bedingt!" Karin ließ ihre Hände an den Seiten ihres Körpers entlang gleiten.

„Jedenfalls, um die Sache zu Ende zu bringen: Wir haben dich auf dein Bett gelegt, Schlafsack drüber und da hast du dann gelegen, wie auf der Insel, bis du wach geworden bist!"

„Oh, nein! Ihr wollt mich nicht verladen, oder? Nein, wollt ihr nicht. Nie wieder. Ich trinke nie wieder einen Tropfen!" Conny preßte sich beide Hände seitlich gegen den Kopf.

„Wer´s glaubt!" sagte Petra kurz, „kommt, Frühstück!"

„Ohne mich!" rief Conny den beiden hinterher und ließ sich wieder auf ihr Bett fallen.

Sechstes Kapitel

Es war kalt und unbequem im Zelt. Die Feuchtigkeit war überall. Sie schien in jeder einzelnen Daune des Schlafsackes zu sitzen. Jetzt war es Sommer. Olaf fragte sich, wie das wohl im Herbst oder gar im Winter sein mußte. Nein, er konnte noch immer nichts Positives an diesem Teil der Erde entdecken. In Tilos Beschreibungen und Erzählungen hatte alles so schön geklungen. Er dachte, er führe ins Paradies: Hawaii schien eine öde, trockene Wüste gegen dieses Naturparadies zu sein. Er schüttelte sich. Die Vorstellungen über das Paradies schienen doch sehr weit auseinander zu gehen. Für ihn war es eher das Gegenteil; nur, daß es an dem Ort, an den er dachte, wenigstens angenehm warm sein mußte. Olaf zog sich die Kapuze seines Pullis weit ins Gesicht und versuchte, sich noch tiefer in seinem Schlafsack zu vergraben. Was hatte er nicht alles von dieser Reise erwartet! Bis zu diesem Jahr hatte er sich mehr oder weniger durch „die vier schönsten Wochen des Jahres" gequält: Mit seinen Eltern und seiner kleinen Schwester an der Nordsee in Cuxhaven. Seine Eltern fuhren immer nach Cuxhaven, so lange er denken konnte. Es gab nichts anderes für sie. Für sie war wohl Cuxhaven das Paradies – so, wie für Tilo dieses Waldgebiet mit Wasser und Mücken, das man Schweden nannte. Wie hatte er sich gefreut, als ihm Tilo von seiner Idee zu dieser Reise erzählt hatte. Eigentlich hatte er angenommen, daß seine Eltern dieses Vorhaben kategorisch ablehnen würden:

„So lange du noch nicht achtzehn bist und so lange du noch nicht dein eigenes Geld verdienst…" das waren die Lieblingsargumente seines Vaters in derartigen Momenten. Zu seiner großen Überraschung waren seine Eltern genauso begeistert von Tilos Idee wie er. Vielleicht lag das ja daran, daß Tilos Eltern die Reise begleiteten – oder eher, daß sie Tilos Eltern auf ihrer Reise Gesellschaft leisteten. So war es gekommen, daß er die Zusage zu der Reise hatte, noch bevor er sich richtig mit dem Gedanken angefreundet hatte. Im Nachhinein wünschte er sich, daß seine Eltern so wie immer reagiert hätten. Ja, er hatte die Schuldigen gefunden: Seine Eltern waren verantwortlich für seine mißliche Lage. Es war einfach kein Verlaß auf sie in solchen Dingen.

Es war kalt und feucht. Das Einzige, was fehlte, war die Dunkelheit. Mit ihr hätte er es wahrscheinlich sogar geschafft, in einen unruhigen Schlaf zu fallen. Er dachte an sein kleines, gemütliches und warmes Zimmer im Hause seiner Eltern. Und er dachte an seine Eltern und seine Schwester, die die Tage in einem Strandkorb am Sandstrand verbrachten – und die Nächte in einem Bett in einer großen Ferienwohnung. Das Leben war einfach nicht gerecht. Ja, er hatte auch einmal seine Ruhe haben wollen, vor seinen Eltern, seiner Schwester und allem anderen. Hier nun hatte er Ruhe, himmlische Ruhe: Ruhe morgens, Ruhe mittags und Ruhe abends. Zu viel Ruhe. Der ganze Tag bestand eigentlich nur aus Ruhe. Einzig in den Nächten mußte sich die Ruhe einem mächtigen Gegenspieler beugen: Tilo. Tilo schnarchte. Er schnarchte jede Nacht und er schnarchte so, daß man sich wunderte, wie es noch so viele Bäume in diesem Land geben konnte.

Olaf hielt es einfach nicht länger aus. Er öffnete vorsichtig den Reißverschluß seines Schlafsackes. Er wollte es um jeden Preis vermeiden, Tilo zu wecken. Das Anziehen konnte er sich sparen, da er sowieso mit seinem Jogginganzug und zwei paar Socken an den Füßen in seinen Schlafsack zu kriechen pflegte. Es gelang Olaf, das Zelt zu öffnen und wieder zu schließen ohne seinen Freund erwachen zu lassen. Die Schuhe standen direkt vor dem Eingang. Er schlüpfte hinein und bewegte sich in Richtung See. Im Wohnmobil von Marlies und Dieter war alles still und auch kein Licht mehr zu sehen. Es war überhaupt kein Licht zu sehen. Olaf zog sein Halstuch enger und bewegte sich am Seeufer entlang zu dem kleinen Steg, auf dem er gestern Nacht die drei Mädchen gesehen hatte.

Es war sternenklar. Olaf setzte sich an die Böschung unterhalb des Steges, wo zwei kleine Ruderboote lagen, die man mieten konnte, wenn man z. B. zum Angeln auf den See hinausfahren wollte. Er dachte an Frau Älvdalen und ihr Geschenk.

„Vielleicht mache ich das sogar mal!" sagte er zu sich selbst.

Sacht plätscherten die Wellen an die Bordwände der Boote und sein Blick ging nach oben zu den Sternen. Es funkelte und glitzerte obwohl es nicht richtig dunkel wurde. Schon als kleines Kind war er fasziniert von diesem Glühen und Leuchten.

„Wie mag es wohl da oben aussehen – leben da auch Menschen irgendwo? Oder Lebewesen, die uns ähnlich sind?" Er dachte darüber nach. Er suchte nach einer Sternschnuppe: Wenn man eine sah, dann durfte man sich etwas wünschen. Er hatte sehr viele Wünsche im Augenblick. Er sah den Großen Wagen und das daneben, das mußte... Stimmen rissen ihn aus seinen Gedanken.

„Stimmen?" fragte er sich. Er drehte seinen Kopf in die Richtung, aus der er die Geräusche gehört hatte. Es waren wirklich Stimmen. Sie waren noch ein Stück entfernt, aber sie kamen näher. Es klang wie Gekicher. Noch waren die Urheber hinter den Bäumen verborgen. Er erhob sich und drückte sich unter den Steg, so gut er konnte.

Kurz darauf tauchten schemenhaft drei Gestalten vom Weg her auf. Sie steuerten direkt auf den Steg zu. Noch waren sie nicht genau auszumachen. Die Stimmen klangen sehr hell. Olaf saß völlig regungslos und vermied jedes Geräusch. Jetzt waren die Gestalten nur noch ein kleines Stück vom Steg entfernt: Es waren drei Mädchen. Olaf blieb fast das Herz stehen, als er sie erkannte – es waren die drei Mädchen aus dem Supermarkt, die drei, die er gestern an eben dieser Stelle beobachtet hatte.

„Mist! Auch das noch!" entfuhr es ihm. Er hielt sich die rechte Hand auf den Mund und dachte: „Idiot!"

Die drei schienen nichts gehört zu haben, sie waren vollkommen mit sich selbst beschäftigt.

„Und du, Pit?" sagte Karin.

„Ich weiß nicht…"

„Sei kein Frosch!" sagte Conny.

„Bitte, Pit", flehte Karin, „alle oder keiner!"

„Na gut, wo wir nun schon einmal hier sind, können wir ja auch…"

„Super!" Man hörte förmlich das Strahlen in Karins Stimme.

„Dann los", kicherte Conny, „die Nacht ist nicht mehr so jung wie wir!"

Die drei waren jetzt fast genau über ihm. Olaf wagte es nicht, zu atmen. „Was, wenn sie mich entdecken? Nicht auszudenken!" dachte er.

Seine Befürchtungen schienen unbegründet zu sein:

Die drei gingen bis zum Ende des Steges, ohne sich irgendwie in ihrer Unterhaltung gestört zu fühlen. Olaf atmete erleichtert auf und wagte es, seinen Kopf ein wenig über den Rand des Steges zu schieben. Er sah Petra und ihre Freundinnen ganz am Ende des Steges auf der Höhe der kleinen Holztreppe, die von dort in den See führte.

„Brrrr!" Conny war die zwei Stufen zum Wasser hinuntergestiegen und hatte ihren linken Fuß in den See getaucht, „ist das kalt!"

„Meinst du wirklich, wir sollten?" Petras Stimme klang sehr zweifelnd.

„Es ist nicht die Südsee, aber über null! Außerdem ist es bestimmt nicht kälter als gestern, oder?"

„Das schon, aber…" Petra schien noch nicht gänzlich überzeugt zu sein.

„Stimmt, gestern hatten wir etwas zum Vorwärmen!" grinste Karin.

„Das meinte ich zwar nicht, wäre aber nicht übel. Hast du was, Conny?"

„Na, sieh dir unser Küken an! Auf den Geschmack gekommen, was?"

„Hast du nun was?"

„Nee, heute nicht. Meine Vorräte sind auch nicht unendlich!"

„Aber ich habe etwas!" meldete sich Karin.

„Na, dann gib´ schon her und rede nicht soviel, damit es endlich losgehen kann!" sagte Conny und ihre Augen fingen an zu glänzen.

„Na ja", druckste Karin, „ich habe die Bademäntel bei!"

„Das ist alles?" Conny war empört, „das ist doch nicht dein Ernst, oder?" Sie sah Karin an: „Es ist dein Ernst! Nein, Mädchen, nein", Conny schüttelte ihren Kopf hin und her, „aus dir wird auch nichts Vernünftiges mehr!"

Conny war jetzt wieder auf dem Steg bei den anderen:

„Die Bademäntel! Praktisch wie immer. Na, dann kann ja nichts mehr schiefgehen!" sagte Petra.

„Eben, also los, wenn es sein muß!" Karin schob Petra nach vorne, „schließlich muß sich der ganze Aufwand doch gelohnt haben. War gar nicht so einfach, an der Knitter vorbei zu kommen heute!"

„Stimmt, die paßt auf, wie ein Schießhund. Traut man ihr gar nicht zu, in ihrem Alter." Conny hatte sich auf den Steg gesetzt.

„Zum Glück hat es keiner der Jungs mitbekommen", meinte Petra, „das wäre dann nichts für mich gewesen!"

„Petra, die Keusche!"

„Conny! Jeder ist nun eben nicht so wie du!"

„Was soll das denn heißen?" Conny fauchte Karin an.

„Ich erinnere nur an den Supermarkt!" sagte Karin grinsend.

„Psss! Streitet euch jetzt nicht, sonst weckt ihr noch den ganzen Laden auf!"

„Pit hat recht. Außerdem haben wir nicht ewig Zeit!"

„Wo du recht hast, Karin, hast du recht. Na, dann los. Packen wir´s endlich!" Conny kicherte wieder.

„Was machen sie denn jetzt?" Olaf traute seinen Augen nicht: die drei Mädchen fingen an, ihre Kleidung abzulegen. Das hatten sie gestern auch schon getan, aber da hatte er sich nicht so nah bei ihnen und nicht in einer so günstigen Position befunden. Er konnte alles ganz genau beobachten.

„Nein!" Olaf biß sich auf die Zunge und seine Augen fixierten die Stelle am Ende des Steges mit der kleinen Holztreppe. Sie konnten ihn nicht entdeckt haben, denn sie fuhren unbeirrt damit fort, sich ihrer Sachen zu entledigen. Olaf schluckte. Das würde ihm Tilo nie glauben. „Du hattest von jeher eine blühende Phantasie!" das wären seine Worte. Damit lag er sogar richtig: wie oft hatte er in Cuxhaven am Strand gelegen und sich ausgemalt, wie es wäre, wenn – es plätscherte. Karin und Conny waren bereits im Wasser, Petra stand noch auf dem Steg und war gerade im Begriff, die hölzerne Leiter zu besteigen. Es war eine sternklare Nacht, aber bisher war der Mond hinter den Bäumen verborgen gewesen. In diesem Moment verließ er seine Deckung und tauchte die ganze Szene in ein unwirkliches Licht. In diesem Moment stand das Herz von Olaf wirklich fast still. Es war dieses Gefühl, das man hat, wenn man sein erstes Fahrrad bekommt oder eine 400-g-Tafel Vollmilchschokolade für sich ganz alleine. Olaf starrte auf das, was da auf dem Steg stand. Er sah einen perfekten Körper. Er sah die Beine, die Brüste, die sanften Rundungen der Hüfte. Jetzt ließ sich dieser Traum langsam ins Wasser gleiten. In diesem Moment hatte er alles andere um sich herum vergessen und in diesem Moment öffnete sich sein Mund und er formte ein

„Wauw!" das er in die Nacht entließ.

In diesem Moment starrten drei Augenpaare in seine Richtung.

„Was ist das?" hörte er eine Stimme aus dem See.

„Hei!" hörte er sich sagen. Er stand jetzt neben dem Steg und mußte sehr gut zu sehen sein.

„Was machst du denn da?"

„Bist du schon lange hier?"

„Kleiner Spanner, was?"

„Hat dir gefallen, was du gesehen hast?" Die Worte prasselten auf Olaf ein.

„Ja, äh, nein, ich meine, natürlich – natürlich nicht, oder doch…"

„Was sagt er, Karin, hast du ihn verstanden?" Conny

kicherte.

„Kein Wort – ist vielleicht einer von hier!"

„V e r s t e h s t   d u   u n s?" Conny betonte jeden Buchstaben einzeln und konnte sich das Lachen kaum verkneifen.

„Ja, schon, aber…"

„Also, es versteht uns, habt ihr gehört!" Conny war in ihrem Element. „Was machst du denn nun hier?"

„Ich?"

„Ja, du! Oder ist da noch einer?"

„Nein."

„Es ist ganz alleine!" Conny schaute zu Karin und Petra, „wolltest du vielleicht auch baden?"

„Ja,…"

„Dann laß dich von uns nicht stören und komm rein – ist sehr schön!"

„Ich?"

„Ja, es ist noch immer niemand anders da, oder?"

„Ja", Olaf spürte, wie ihm das Blut ins Gesicht schoß, er mußte puterrot sein, „ich habe aber – keine – Badesachen mit!"

„Wir auch nicht, wie du ja wohl gesehen hast, wenn du nicht blind bist!" sagte Conny und die drei kicherten.

„Nun komm schon!" hörte man Karin sagen.

„Nun drängt ihn doch nicht so!" sagte Petra, die bisher geschwiegen hatte.

Olaf stand noch immer an der Stelle neben dem Steg und trotz der Kühle der Nacht liefen Schweißperlen seinen Körper hinunter. Er war ratlos: Was sollte er jetzt tun? Er ließ den Holzpfahl des Steges los, an den er sich unbewußt geklammert hatte:

„Ich glaube, ich gehe da…" weiter kam er nicht, da er durch das Loslassen des Pfahles sein Gleichgewicht verloren hatte und nun vornüber zwischen die beiden Boote in den See fiel. Vom Ende des Steges hörte man lautes Gelächter aus dem Wasser.

Olaf schnaufte kurz und tauchte aus dem Wasser auf. Er stand hüfthoch im See.

„Nun ist es auch egal!" dachte er und warf seine nassen Kleidungsstücke nach und nach auf den Steg. Zuletzt zog er die Schuhe aus. Dann watete er in den See zu den drei kichernden jungen Damen.

„Na also, warum denn nicht gleich – oh!" Conny schlug sich die flache Hand an die Stirn und verstummte.

„Was ist denn, Conny?" wollte Karin wissen. Dann warf sie einen Blick auf Olaf, der sich inzwischen zu der Gruppe gesellt hatte: „Nein, du bist doch der! Nicht möglich, die Gurke!"

„Ja, bin ich, ich wollte dann doch mal auf das Angebot dieser Lady da zurück kommen!" Olaf hatte seine Sprache wieder gefunden, er hatte jetzt die Oberhand.

„Das, das war, du sprichst, du verstehst,…" stotterte Conny sichtlich verwirrt.

„Ja, ein Wenig!" Olaf grinste Conny an, „jetzt sind wir quitt, oder?"

„Ja, ja, natürlich…"

„Gut, ich bin Olaf!"

„Conny. Und das ist Karin", Karin hob den linken Arm aus dem Wasser und winkte, „und das ist Pit, Petra."

„Pit ist in Ordnung", sagte Petra und lächelte Olaf an.

„Genug geredet! Conny, Pit, Olaf – wollen wir?"

Fünf Minuten später hatten sie die kleine Insel erreicht. Conny und Pit waren die ersten. Sie hatten sich schon auf ein paar Holzbrettern am Ufer niedergelassen, als Olaf und Karin fast gleichzeitig an Land gingen. Ganz wohl war Olaf bei dem Gedanken nicht, aber er wollte nicht als Feigling dastehen und so versuchte er, seine Unsicherheit durch eine gewisse Gleichgültigkeit zu überspielen. Olaf stand direkt am Wasserrand und überlegte, wo er sich nun niederlassen sollte, als er etwas Weiches in seinem Rücken spürte. Als er sich umdrehte, stand Karin direkt vor ihm und er fühlte die Spitzen ihrer Brüste an seinem Oberkörper. Es waren recht große Brüste für ihr Alter. Alles an ihr war recht groß. Olaf versuchte, das angenehme Gefühl nicht zu angenehm werden zu lassen, da er unangenehme Reaktionen von Teilen seines Körpers verhindern wollte. Karin erlöste ihn aus dieser Situation in dem sie ihm die Hand reichte und ihn mit sich fort zog:

„Na los, oder willst du die ganze Nacht hier stehen?"

„Nein, will ich nicht!"

Einen Moment später lagen sie bei den anderen mit dem Rücken auf den Holzbrettern und schauten in die Sterne. Olaf lag zwischen Karin und Pit. Conny hatte sich ganz außen niedergelassen. Ihr war es immer noch unangenehm, wie sie sich im Supermarkt verhalten hatte. Sie sagte kein Wort.

„Wir waren schon mal hier…" begann Karin.

„Ich weiß…" sagte Olaf und biß sich erneut auf die Zunge.

„Woher weißt du das?" Karin schaute ihn an.

„Weil, man merkt das. So zielsicher, wie ihr das hier angesteuert habt, müßt ihr schon mal hier gewesen sein!"

„Ach so, klar." Karin war mit der Antwort zufrieden.

„Und, warst du schon einmal hier?" wollte Petra wissen.

„Nein, noch nie. Ich wäre auch nicht auf die Idee gekommen."

„Na, gut, daß du uns getroffen hast, da ist es mit dem langweiligen Dasein wenigstens kurzzeitig vorbei!"

„Karin!" Petras Stimme klang strafend.

„Ich mein´ ja nur!" sagte Karin kleinlaut.

„Nein, sie hat ja recht. Ich weiß ja nicht, wie es euch geht, aber ich finde es hier wirklich nicht besonders spannend: Wald und Wasser und Wasser und Wald und wieder Wald und Wasser – und das den ganzen Tag. Jeden Tag."

„Du bist das erste Mal in Schweden, oder?" Petra schaute Olaf von der Seite an.

„Ja, merkt man das?" er drehte den Kopf in ihre Richtung und sah nun direkt in ihre dunklen Augen. Sie erwiderte seinen Blick und für einen kurzen Moment hatte er den Eindruck, als wenn sie direkt in sein Innerstes gesehen hätte.

„Ja, ich finde schon. Mir ging es beim ersten Mal auch so. Aber, das gibt sich im Laufe der Zeit!" sie lächelte.

„Ja, stimmt!" hörte man Karin.

„Warst du schon oft hier?" sagte Olaf an Petra gerichtet.

„Es ist das dritte Mal jetzt."

„Ich war schon fünfmal hier oben, fünfmal!" stöhnte Karin."

„Dreimal! Das ist zweimal mehr als ich!"

„Und bei mir viermal mehr!"

„Ja und schon beim zweiten Mal war es besser."

„Wirklich? Warum?"

„Bei mir ist es immer noch nicht viel besser. Alleine würde ich das nicht ertragen!" hörte man Karins Stimme.

„Die Ruhe, die Weite. Man muß sich nur daran gewöhnen, dann ist es sehr schön!"

„Ich glaube, ich kann mich daran nicht gewöhnen, auch wenn ich zwanzig Mal hierher komme!"

„Da geht es Dir wie mir!" versuchte Karin erneut, das

Interesse von Olaf zu wecken.

„Karin?"

„Ja, Conny?"

„Gib´ es auf, du bist abgemeldet!"

„Wie meinst…."

„Sei einfach still und laß die beiden!"

„Du meinst doch nicht? Nein, oder! Das ist ja unglaublich!" Karin gluckste vor Vergnügen. Petra und dieser Olaf. Das wäre etwas, worüber man viele Tage lang reden könnte, ohne daß es langweilig wurde. Karin schwieg und spitzte die Ohren.

„Du warst noch keine zwanzig Mal hier. Woher also willst du etwas wissen, bevor du es versucht hast? Bist du in allen Dingen so?" Petras Stimme klang fordernd. Ihre Augen schienen jetzt zu funkeln.

„Ich – nein, eigentlich nicht. Eigentlich probiere ich erst und dann urteile ich."

„Dann, probier und urteile!" Petra war nun ganz dicht neben ihm. Er konnte ihren Atem spüren wie seinen eigenen. Ihr Mund war keine zwei Zentimeter von seinem entfernt und ihre Augen hatten sich geschlossen. Olafs Herz schlug wie wild. Er schloß seine Augen.

„Na los, es wird Zeit!" Sein Kopf wurde nach oben gezogen und er sah in Connys Gesicht, „wir müssen zurück. Es ist nicht wirklich sehr warm und es ist schon früh, von wegen der Nachtigall und der Lerche, ihr wißt schon!" sie zwinkerte Olaf und Petra zu.

„Spaßbremse!" sagte Karin, die sich wie in einer Theateraufführung gefühlt hatte. Ihr Herz hatte fast schneller geschlagen als das von Olaf, „das war Absicht, oder?" Sie war Conny zum Ufer gefolgt und hatte ihren Arm um sie gelegt.

„Erhält die Spannung!" sagte sie lächelnd und verschwand im See.

„Kommt ihr!" rief Karin und folgte dann Conny.

„Ja, wir kommen!" sagte Petra, „na los, gehen wir!" sie lächelte Olaf an und nahm seine Hand.

Einige Minuten später standen sie neben Conny und Karin auf dem Steg am anderen Ufer. Die beiden hatten sich schon in ihre Bademäntel gehüllt.

„Pit, beeil dich!"

„Nur keine Panik, ja!" sagte Petra und in ihrer Stimme schwang ein wenig Ärger mit.

„Ja, ich meinte ja nur…" sagte Conny merklich sanfter.

„Olaf?"

„Ja, Pit?"

„Was ziehst du denn jetzt an – deine Sachen sind naß!"

„Kein Problem, ich hab´s nicht so weit", sagte Olaf zitternd.

„Quatsch, hier" Petra hielt Olaf ihren Bademantel hin, „nimm den, ich hab´ meine Sachen. Kannst ihn mir ja später zurück geben!"

„Später?" sagte Olaf, „klar, später, natürlich!" er strahlte über alle seine Backen.

„Nun komm aber, Pit, wir müssen los, wirklich!" Conny und Karin gingen langsam den Steg entlang.

„Ja, ich komme schon, ihr Nervensägen! Bis dann!" sagte sie und drückte Olaf einen leichten Kuß auf die Wange. Er schaute ihr hinterher, bis sie mit ihren Freundinnen zwischen den Bäumen verschwunden war.

„Bis dann!" murmelte Olaf.

Siebentes Kapitel

„Nicht! Weg! Kalt!" Olafs Arme wedelten unkontrolliert an der Stelle über dem Schlafsack herum unter der sich sein Gesicht befinden mußte.

„Auf, auf! Die Nacht ist vorbei, es ist hell draußen!" Tilo legte Olafs Gesicht frei, der widerwillig seine Augen öffnete:

„Hier ist es immer hell draußen!" brummte er.

„Aber jetzt ist es heller. Das Frühstück wartet."

„Laß es warten. Ich will schlafen. Geh weg und komm später wieder!"

„Jetzt ist später, mach schon, du Schlafmütze. Was machst du eigentlich die ganze Nacht? Ich fühle mich hervorragend. Habe geschlafen, wie ein Murmeltier, jau."

„Genau deshalb bin ich ja so fertig!"

„Wieso?"

„Weil du schnarchst wie ein Weltmeister".

„Ich? Nee, niemals. Das sagst du jeden Morgen. Jetzt soll ich schuld daran sein, daß du kein Auge zu bekommst. Denke weniger an deine Manuela, dann wird das schon!"

„Laß Manuela aus dem Spiel!"

„Wauw, was denn jetzt?" Tilo wirkte überrascht über die Reaktion seines Freundes. Olaf hatte sich zur Hälfte aus dem Schlafsack geschält und ihm einen bitterbösen Blick zugeworfen. „Was ist dir denn über die Leber gelaufen – und, was hast du denn da merkwürdiges an?"

Olaf schaute an sich herunter und sah den Bademantel, den ihm Petra geliehen hatte. „Das ist", begann er und besann sich eines Besseren, „ein Bademantel. Das Ding heißt Bademantel und jetzt verschwinde. Ich komm ja gleich!"

„Dann bis gleich, wir haben heute ein umfangreiches Programm", brachte Tilo noch heraus und war dann aus Olafs Gesichtskreis verschwunden.

Es tat Olaf leid, daß er seinen Freund so angepflaumt hatte, aber die Erwähnung von Manuela hatte ihn an die letzte Nacht erinnert und an seine Begegnung mit dieser Petra. Bis vor ein paar Minuten hatte er Manuela völlig vergessen gehabt. Was war los mit ihm?

Zehn Minuten später saß er mit Tilo und dessen Eltern vor dem Wohnmobil beim Frühstück. Alle waren fröhlich und wirkten zufrieden. Alle außer ihm. Zum Glück waren die anderen so mit dem heutigen Ausflugsziel beschäftigt, daß Olafs Gemütszustand nicht auffiel. Die Zeit des Nichtstuns auf dem Platz war vorbei. Diesmal auf ausdrückliche Initiative von Tilo. Er hatte seine Eltern fast anflehen müssen, ihn und Olaf wieder auf die Tagestouren mitzunehmen. Marlies und Dieter hatten sich scheinbar inzwischen mit dem Gedanken abgefunden, daß ihr Sohn und sein Freund die Zeit lieber alleine verbringen wollten. Es machte sogar den Eindruck, als wenn sie darüber nicht sonderlich traurig zu sein schienen. Aber Tilo hatte es, wie fast immer, geschafft, seinen Willen durchzusetzen. Und das hieß:

„Rottneros!" hörte er Tilo wie auf Stichwort sagen, „toll, da wollte ich schon immer mal wieder hin, du doch auch, oder? Olaf? Hallo: Erde an Olaf!"

„Ja, noch einen Kaffee, gerne."

„Kaffee, gerne? Langsam mache ich mir ernsthaft Sorgen um dich, Alter."

„Wieso?" Olaf sah Tilo verständnislos an und fragte sich, was an seinem Wunsch nach einem Kaffee so wundersam sein sollte.

„Jau, also Rottneros. Sagt dir das was?"

„Nee, was ist das: ein Wasserfall oder noch ein Teich?"

„Mein Englisch mag ja nicht besonders sein, aber dein kulturelles Interesse ist da noch um einiges schärfer! Also, Rottneros, das ist…"

Es kam, wie Olaf es befürchtet hatte: Tilo hielt ihm einen ausführlichen Vortrag über „Rottneros".

Die Sonne schien. Sie schien so, wie sie all die anderen Tage auch geschienen hatte. Ein für Skandinavien recht ungewöhnliches Wetter, hatte ihnen Dieter erklärt. Olaf störte diese Ungewöhnlichkeit in keiner Weise: Das, was ihm zu seinem Glück noch gefehlt hätte, wäre Regen. Mit der Sonne ließen sich die Tage noch ertragen – und die Nächte, die keine waren.

Sie fuhren wieder durch endlose Wälder, vorbei an unzähligen Seen und Sumpfflächen. Überall waren die kleinen roten Häuser in die Landschaft eingestreut. Das sah eigentlich ganz nett aus, fand Olaf. Aber es wiederholte sich eben immer und immer wieder. Dann verließ der Wagen die kleine große Straße, um auf eine große kleine Straße einzubiegen.

„Gleich sind wir da!" sagte Marlies.

„Ist schon ungeheuerlich, wie sich das mit den Straßen hier oben verändert hat."

„Stimmt, Dieter. Weißt du noch, vor ein paar Jahren!"

„Ja, da hätte die Fahrt hierher endlos gedauert. Und jetzt: Schwupps, kaum ist man losgefahren, ist man schon da. Einfach phantastisch!"

Marlies und Dieter strahlten, als wenn sie das Penicillin entdeckt hätten. Olaf fragte sich, wenn das hier „Schwupps" war, wie lange es ohne dieses „Schwupps" gedauert hätte. Das Wohnmobil hielt. Dieter und Marlies öffneten die Türen:

„Kommt, raus. Ah, ein herrlicher Tag!" Dieter reckte und streckte sich.

„Ja, wirklich. Mit dem Wetter haben wir ein Glück. Weißt du noch, das letzte Mal!"

„Erinnere mich nicht daran!"

„Was war das letzte Mal?" wollte Olaf von Tilo wissen. Die beiden waren inzwischen auch ausgestiegen und standen nun wartend auf dem Parkplatz.

„Ach, da hat es geregnet. Was sage ich: geschüttet, richtige Wolkenbrüche waren das. Eigentlich haben wir da nicht viel gesehen. Ich ehrlich gesagt gar nichts, weil ich im Wagen geblieben bin. Deshalb wollten wir ja auch unbedingt nochmal hierher."

„Ach so", sagte Olaf und ließ seinen Blick über den Himmel gleiten: alles war blau. Er hatte beschlossen, sich so bald wie möglich von den anderen abzusetzen und auf irgendeiner Bank in der Sonne die Zeit der Abfahrt abzuwarten.

„Olaf!" Tilo stand am Ende des Parkplatzes und winkte seinem Freund, sich zu beeilen.

„Ich komm ja schon, bin fast da", brummte Olaf und setzte sich in Richtung Eingang in Bewegung.

„Das ist eine Skulptur von…" Sie befanden sich gerade im Staudengarten, nachdem sie vorher den

Ideengarten und den Dianapark durchquert, die Rottneroshalle passiert, den Wasserfall rechts liegen gelassen und den Bogenschützen ausgiebig betrachtet hatten. Überall standen Skulpturen. Skulpturen von Jünglingen, einzelnen und doppelten, Skulpturen von jungen Mädchen, von Frauen, Göttinnen und auch von irgendwelchen Viechern. Es wimmelte hier von Skulpturen. Dafür war Rottneros unter anderem bekannt, das hatte er nun schon so oft gehört, daß er es verinnerlicht hatte und sein Leben lang nicht mehr vergessen würde. Das also war eine Skulptur, die irgendeinen prägnanten Namen trug und eine ganz bestimmt Szene von etwas ganz bestimmten darstellte. Marlies war wieder ins Schwärmen geraten. Sie trug einen Wälzer mit sich herum, der auf vielen, vielen Seiten diesen Park und seine Skulpturen zu behandeln schien. Und, sie erweckte den Eindruck, daß sie fest entschlossen war, das gesamte Werk mit ihren Reisebegleitern durchzuarbeiten. Olaf betrachtete das häßliche Ding vor ihnen, von dem Marlies so schwärmte. Es schien sich um einen der zahllosen Jünglinge zu handeln. Sie betonte vor allem, wie grazil und real die Formen des Körpers herausgearbeitet worden waren. Olaf betrachtete sich, Tilo und auch Tilos Vater. Bei keinem konnte er entfernt ähnliche Formen entdecken. Gut, Tilos Vater war kein Jüngling mehr, aber auf ihn und Tilo traf das schon zu. Vielleicht waren sie ja durch das Stadtleben schon so weit degeneriert, daß man ihre Urform nicht mehr erkennen konnte. Das mußte es sein. Es ging weiter. Man näherte sich einem anderen, ebenso interessantem Jüngling. Oder, war es doch ein weiblicher Jüngling? Es spielte keine Rolle. Olaf hatte beschlossen, seine ursprüngliche Idee nicht aus den Augen zu verlieren und sich bei der ersten Gelegenheit zu entschuldigen, um an einem ruhigen Platz die Zeit bis zur Abfahrt verstreichen zu lassen.

Der Moment kam eher, als er erwartet hatte und er kam sehr überraschend:

„Jetzt gehen wir zu dem Hauptgebäude und dann runter zum Wasser, da gibt es eine wunderschöne Skulptur von der Lagerlöf!" Marlies war richtig ins Schwärmen geraten.

„Lagerlöf?" Olaf sah Tilo an, „was ist ein Lagerlöf?"

„Wer!" Tilo schüttelte mal wieder seinen Kopf über so viel Unwissenheit von Seiten seines Freundes, „Lagerlöf ist ein Wer. Genauer gesagt eine Wer..."

Es kam, was kommen mußte: Ein Vortrag von Tilo über die große schwedische Schriftstellerin Selma Lagerlöf, ihr Leben und ihr wichtigstes Werk, die wunderbare Reise des kleinen Nils Holgersson mit den Wildgänsen. Olaf war fasziniert und niedergeschmettert zugleich von dem, was Tilo da immer von sich gab. In der Schule war er in den Geisteswissenschaften eine Niete im Vergleich zu ihm. Hier schien er ein wandelndes Lexikon zu sein.

„Ah, die!" sagte Olaf, „die mit den Gänsen. Davon habe ich schon mal gehört, glaube ich."

„Bestimmt! Das kennt jeder. Jedenfalls hat sie immer da unten am Wasser gesessen und gewohnt hat sie am anderen Ufer, da wollen wir auch noch hin!"

„Das hätte ich jetzt auch nicht anders erwartet. Alles andere wäre eine große Enttäuschung gewesen. Wenn man schon hier ist – nee, und dann gehen, ohne das Haus der großen Selma gesehen zu haben! Grauenvoller Gedanke!"

„Willst du mich auf den Arm nehmen?"

„Ich? Nie, niemals!" sagte Olaf und versetzte Tilo einen leichten Knuff in die Seite, „komm weiter."

„Warte einen Moment, bin gleich wieder da!" sagte

Tilo und lief zu seiner Mutter, die ein paar Meter weiter bei der nächsten Skulptur stand.

„So, alles geregelt", sagte er, als er wieder bei Olaf war.

„Was ist geregelt?"

„Wie es weiter geht, Alter!"

„Wo gehen denn deine Eltern hin?"

„Ach die, ja. Ich hab denen erklärt, daß wir mal ein bißchen Zeit brauchen, um das alles in Ruhe alleine in uns aufnehmen zu können, was meine Mutter da erzählt hat."

„Das hast du gesagt und sie haben es geglaubt?" Olaf sah seinen Freund ungläubig an.

„Jau. Ich bin auch nicht von gestern, Alter und kann mir was Schöneres vorstellen, als den ganzen Tag mit meinen Alten rumzuhängen!"

„Du steckst voller Überraschungen!" sagte Olaf anerkennend.

„Klar. Und jetzt zeige ich dir das Allerbeste hier: den Brunnen, den mit den Skulpturen."

„Jeder Brunnen hier hat Skulpturen – und auch da, wo kein Brunnen ist, sind Skulpturen, wenn du dich erinnerst!"

„Jau, aber nicht solche!" Tilo machte eine entsprechende Geste mit den geöffneten Händen unter seiner Brust. Olaf hatte verstanden, um welche Art von Skulpturen es sich handelte. Da waren sie wieder bei Tilos Lieblingsthema der letzten Monate. Seit er das erste Barthaar an sich entdeckt hatte, gab es nichts Wichtigeres mehr.

„Ah, solche also, na dann schnell, bevor das Wasser das", Olaf machte Tilos Bewegung nach „abgetragen hat!"

„Na, habe ich zu viel versprochen?" Tilo stand

breitbeinig mit verschränkten Armen vor einer der von Wasser bespülten Skulpturen.

„Nein, wenn ich ehrlich bin: hast du nicht", mußte Olaf eingestehen. Die Skulpturen hatten wirklich eine Art Ausstrahlung, die sie wie echte Mädchen erscheinen ließen, die so, wie die Natur sie geschaffen hatte, vor ihnen das Leben genossen. „Aber, es sind nur Skulpturen, Tilo!"

„Jau, aber…"

„Aber was?"

„Aber nichts. Ich dachte nur gerade, vielleicht sollten wir doch zusammen mit meinen Eltern weiter gehen."

„Du hast mir doch gerade eben erzählt,…"

„Ja, schon, aber ich habe da ein paar Fragen, die mir gerade gekommen sind, hier bei dem Brunnen und die mir meine Mutter bestimmt beantworten kann und die ich sonst wieder vergessen habe, also komm schon!"

„Sei mir nicht böse, aber ich setze mich lieber auf die Bank da und bewundere weiter deine Skulpturen hier!"

„Wie du willst, aber vergiß nicht: Um drei am Wagen!"

„Ja, ja, schon klar!"

„Bis denn!"

„Bis denn!" Olaf sah Tilo hinterher, der ziemlich schnell in Richtung Haupthaus ging, wo er seine Eltern vermutete. Die geduckte Haltung und die Tatsache, daß er sich seine Fototasche auf die eine Schulter gestellt hatte, wunderten Olaf. Es sah fast so aus, als wenn er sein Gesicht dahinter verstecken wollte, um nicht erkannt zu werden. Olaf hatte sich noch nicht zu Ende gewundert, als er wußte, warum Tilo sich auf einmal so merkwürdig verhalten hatte: Gelächter hatte ihn wieder in Richtung des Brunnens schauen lassen. Auf der anderen Seite konnte er durch das Wasser eine größere Gruppe erkennen. Sie bewegte sich in seine Richtung um das Bassin.

„Na, schau mal einer da!" Olaf pfiff durch seine Zähne, „du kleiner, mieser Lügner!" Am Rande der Gruppe hatte er drei Mädchen ausgemacht, die ihm sehr bekannt vorkamen: Conny, Karin und Petra. Olaf schluckte: Da war sie, Petra. Es gab sie wirklich. Natürlich wußte er, daß es sie wirklich gab, er hatte die Szene im Supermarkt nicht vergessen und auch die beiden Abende am See nicht, aber trotzdem kam ihm alles noch wie in einem langen, langen Traum vor, aus dem er irgendwann erwachen mußte. Vor allem die Ereignisse der letzten Nacht hätte er in das Reich der Phantasie verwiesen, wenn da nicht, ja wenn da nicht dieser Bademantel gewesen wäre. Die Gruppe näherte sich immer mehr seiner Bank. Er wußte nicht, ob die drei ihn schon gesehen hatten. Für eine Flucht war es inzwischen zu spät. Er beschloß, abzuwarten.

„Was ist mit dir, Pit?"
„Ach, nichts, Karin, bin nur müde."
„Kein Wunder! Nach der Nacht!"
„Was meinst du damit, Conny?" Petra sah ihre Freundin fragend an.
„Na, war doch ganz schön anstrengend das alles, oder?"
„Ach so, das meinst du. Genau."
„Was sollte ich denn sonst gemeint haben?" Conny schüttelte ihren Kopf und zwinkerte Karin unauffällig zu, „manchmal sprichst du in Rätseln."
Sie standen an dem großen Bassin, an dessen Seiten sich die Skulpturen von nackten Jungfrauen befanden. Sie waren nun schon über eine Stunde in diesem „wunder-, wunderschönen Park" unterwegs. Gewiß, der Park war schon sehr schön, aber Petra und ihre Freundinnen konnten sich etwas besseres vorstellen, als den Tag mit einer älteren Dame zu

verbringen, die jede Skulptur in diesem Garten beim Namen kannte, ihre Lebensgeschichte erzählen konnte und wahrscheinlich auch ihre Erschaffung miterlebt hatte.

„Das hier ist…" hörte man die Knitter sagen. Petra hörte die Worte zwar, aber sie glitten an ihr vorbei wie Nebelschwaden. Ihre Gedanken waren in der letzten Nacht. Sie waren bei diesem merkwürdigen Jungen. Sie fragte sich, ob und wann sie ihn wiedersehen würde. Sie wußte, daß er auch auf dem Platz war irgendwo. Er hatte ihren Bademantel. Das wäre ein Grund gewesen um am Morgen unauffällig nach ihm zu suchen. Sie hatte sich nicht getraut. Warum hatte sie es nicht getan, fragte sie sich. Sie war nicht der schüchterne Typ in diesen Dingen. Sie war da eher direkt. Auf andere Weise direkt als Conny, aber für die meisten war Petras Direktheit niederschmetternd. Sie sagte, was sie dachte und das konnten viele nicht ab. Vor allem ihre zahlreichen männlichen Verehrer hatte sie damit immer wieder verscheucht. Bei diesem Jungen war es anders. Sie war auf seltsame Weise gehemmt. Je länger sie darüber nachdachte, desto mehr mußte sie sich eingestehen, daß das auch schon bei ihrem ersten Aufeinandertreffen in diesem Supermarkt so gewesen war. Da hatte sie es nur nicht wahrgenommen. Aber jetzt im Nachhinein war es ihr klar: Sie hatte sich in diesen Typen verliebt. Sie wußte nicht, warum es passiert war. Aber es war passiert, sie wollte es sich nur noch nicht eingestehen:

„Nein, nein, das kann nicht sein!" sagte sie.

„Doch, er ist es!"

„Wer ist was?" sagte Petra, die durch Karins Worte in die Gegenwart zurückgeholt worden war.

„Der Typ von gestern. Ganz sicher."

„Karin hat recht. Das ist er!"

„Wo?" Petras Herz begann wie verrückt zu schlagen. Sie bemühte sich, wenigstens nach Außen ruhig zu bleiben.

„Da drüben. Da, auf der Bank!"

„Ob er uns schon gesehen hat?" Conny hob ihren Arm und winkte.

„Was machst du denn da?" Petra riß den Arm ihrer Freundin nach unten.

„Au! Spinnst du oder was?"

„Tschuldige, war nur…"

„Was ist denn mit dir, Pit?" Karin stand jetzt ganz dicht neben Petra.

„Nichts. Gar nichts. Ich wollte nur verhindern, daß ihr euch lächerlich macht", sagte Petra.

„Lächerlich machen?" Conny verstand nicht, worauf Petra hinaus wollte. „Sag mal, wer hat dem Typen denn ihren – na klar!" Conny schlug sich mit der flachen Hand gegen die Stirn, „jetzt habe ich verstanden! Na logisch. Nee, das gibt´s doch nicht!" Conny drehte sich mit der Hand an der Stirn im Kreis.

„Was gibt es nicht?" Karin verstand weder Petras Reaktion auf Connys Winken, noch, warum Conny sich jetzt so merkwürdig aufführte.

„Mensch, Karin, kapierst du es nicht?"

„Nee", war Karins kurze und sehr aussagekräftige Antwort.

„Unsere kleine Pit ist wirklich verliebt!"

„Nein!"

„Doch!"

„Ehrlich, Pit?"

„Nein, ich, ach quatsch, das ist nur…"

„Da! Ganz rot!" Conny zeigte auf Petras Gesicht und quiekte vor Freude.

„Ganz rot, stimmt."

„Nun gib es schon zu!"

„Na, vielleicht ein bißchen. Aber nur ein ganz klein wenig, ich kenne ihn ja kaum", Petra schaute vor sich auf den Boden.

„Na also, war doch gar nicht so schwer und jetzt", Conny schob Petras Kinn mit ihrer Hand nach oben, „Kopf hoch und ran an den Feind!"

„Nein! Was machst du denn da!" Petra versuchte, Connys Hände zu greifen, aber Karin hinderte sie erfolgreich daran:

„Laß sie winken, sie meint es doch gut!"

„Da, er hat uns entdeckt!"

„Na toll!"

„Komm, wir gehen hin! Dann kannst du ihn besser kennen lernen!" Ohne eine Antwort abzuwarten, griff Conny nach Petras Hand und zog sie mit Karin zusammen, die sich Petras andere Hand gesichert hatte, hinter sich her in Richtung der Bank, auf der Olaf saß.

„Auch das noch!" Olaf sackte etwas tiefer, aber es half nichts: sie hatten ihn entdeckt. Die mit dem großen Vorbau, Conny, hatte ihm gewinkt. Dann schien es so, als wenn die drei lebhaft über irgendetwas diskutierten und nun kamen sie direkt auf ihn zu. Olaf verzog seine Mundwinkel zu einem Lächeln:

„Hi, was macht ihr denn hier?" hörte er sich sagen.

„Wonach sieht es denn aus?" sagte Conny schnippisch um daraufhin einen bitterbösen Blick von Karin zu ernten, die ihr zuzischte:

„Nimm dich zusammen, denk daran, was wir wollten, bitte!"

„Ja, schon gut!"

„Ringkampf!" sagte Olaf.

„Ringkampf?" wiederholten Karin und Conny.

„Es sieht nach Ringkampf aus." Olaf deutete auf

Petra, die noch immer versuchte, sich aus dem Griff ihrer Freundinnen zu lösen.

„Ach das, das…" Karin sah Conny an.

„…das ist nichts. Das machen wir immer so, wenn, wenn…"

„…wenn wir das so machen!"

„Genau!"

„Schön, dich zu sehen!" versuchte Conny das Thema zu wechseln.

„Ja, sehr schön. Bist du gestern noch gut zurück gekommen?"

„Ja, danke, sehr gut. Und selbst?"

„Ging so. Das frühe Aufstehen, na ja – und dann das hier…" Conny zeigte mit der freien Hand auf ihre Umgebung.

„Ja, auf Dauer nicht so erbauend, finde ich auch."

„Stimmt, wir könnten – au!" Conny funkelte Karin an, die ihr gegen das Schienbein getreten hatte.

„Stimmt nur zum Teil, wollte sie sagen."

„Wollte ich das?"

„Wolltest du."

„Und warum wollte ich das – halt doch endlich mal still!" Conny zog an Petra, die sich wie ein Aal hinter den beiden aufführte.

„Wegen Petra, du erinnerst dich?"

„Ja, klar. Was war noch gleich mit Petra?"

„Die wollte sich einen Moment ausruhen, weil ihr nicht so gut ist und wir, wir wollten sie nicht alleine lassen…"

Olaf sah sich die Gruppe vor ihm an: Es machte eher den Eindruck, als wenn es umgekehrt war! So, wie sich Petra aufführte, hatte er den Eindruck gewonnen, als wenn sie es sei, die sich von ihren beiden Freundinnen entfernen wollte und nicht umgekehrt. Außerdem schien sie ziemlich lebendig zu sein: Karin und Conny hatten alle Mühe, sie zu bändigen. Das Einzige, was von Petra zu hören war, waren gemurmelte Worte, deren Inhalt man nicht verstehen konnte. Wenn man sie so sah, konnte man sich fragen, was an diesem Mädchen sein konnte, daß man sich in sie verliebte.

„…aber wir, wir!" Karin sah Conny an, „wir!"

„Ja, wir…", nickte Conny zustimmend ohne zu wissen, worauf Karin hinaus wollte.

„Wir sind so begeistert von diesem Park hier und dem allen, wir wollen nichts von der Führung versäumen und, als wir dich gesehen haben, da dachten wir eben…"

„Ach so, jetzt habe ich verst- äh, genau, genau das wollte ich auch sagen: Wir wollten dich fragen, ob wir Petra hier ein Weilchen parken dürfen!"

„Parken?" Karin sah Conny an, „sie meint, ob wir Petra mal kurz bei dir lassen können."

„Von mir aus schon, aber…"

„Das ist wirklich nett von dir!"

„Ja, ist es, oder Petra?"

„Petra!"

„Ja, ist nett von dir", kam es aus Petras Mund.

„Dann ist ja alles klar: unser Bus geht um zwei! Bis dann! Komm Conny!"

„Ja, bis dann und viel Spaß, äh, gute Besserung und so!"

Conny hakte sich bei Karin unter und die beiden kehrten zu ihrer Gruppe zurück.

„Willst du dich nicht setzen?" Olaf zeigte auf den freien Platz neben sich.

„Danke, gerne."

„Du fühlst dich nicht so?"

„Eigentlich…" begann Petra und merkte, wie ihre Stimme zitterte.

„War doch ganz schön kalt gestern, oder?"

„Ja", sagte Petra kurz und versuchte, ihre Nervosität abzulegen.

„Du zitterst ja, hast du Fieber?" Olaf schaute Petra besorgt an.

„Nein, bestimmt nicht."

„Laß mal fühlen", sagte Olaf und legte Petra seine Hand auf die Stirn. Petra zuckte kurz und Olaf wollte die Hand wieder zurück ziehen.

„Nein, laß, bitte", sagte sie. Sie hatte reflexartig nach Olafs Hand gegriffen und sie wieder gegen ihre Stirn gedrückt.

Ein wohliges Gefühl durchfloß Olafs Hand. Ein Gefühl von Nähe und Wärme. Es war ein ganz anderes Gefühl als das, das er empfunden hatte, als er mit Manuela getanzt hatte. Seine Gedanken schwirrten wie Formel-1-Rennwagen durch seinen Kopf. Petra erging es ähnlich. Sie wußte nicht, warum sie sich so merkwürdig aufgeführt hatte. Im Grunde genommen wollte sie doch zu diesem Typen da auf der Bank. Am liebsten wäre sie hingerannt. Und, als er die Hand auf ihre Stirn gelegt hatte, da war das ein unbeschreibliches Gefühl. Ihr Herz hämmerte in ihrer Brust und ihr Atem ging stoßweise. Sie hoffte, daß dieser Olaf nichts davon merkte.

Keiner der beiden sagte ein Wort. Sie saßen da, beide hatten die Augen geschlossen und waren versunken in einem Meer von Gefühlen, die sie sich nicht erklären konnten und die ihnen auch Angst machten.

„Ist deiner Freundin nicht gut? Kann ich euch behilflich sein?"

Die Stimme kam aus einer anderen, weit, weit entfernten Welt. Olaf öffnete die Augen und sah eine alte Dame. Sie stand auf einen Stock gestützt vor den beiden und mußte schon sehr alt sein.

„Versteht ihr mich?"

„Ja", sagte Olaf, „wir sprechen deutsch."

„Ja, tun wir", sagte Petra, die inzwischen auch ihre Augen geöffnet hatte und nun die Hand von Olaf mit ihrer von der Stirn nach unten führte. Olaf spürte die Wärme von Petras Oberschenkel unter seiner Hand und die Wärme ihrer Hand über seiner Hand. Ein leichtes Zittern lief durch seinen Körper. Petra hatte erwartet, daß Olaf seine Hand wegziehen würde, wenn sie ihren Oberschenkel berührte. Aber er zeigte keinerlei Anzeichen in diese Richtung. Im Gegenteil: ihm schien diese Berührung angenehm zu sein. Auch ihr selbst gefiel das Gefühl von Olafs Hand auf ihrem Oberschenkel. Auf einem dieser Oberschenkel, die ihrer Meinung nach inzwischen viel zu fett waren und die nie wieder ein Junge hätte berühren sollen. Petras Verwirrung wurde immer größer.

„Ich komme aus Mannheim. Mein Mann hat früher hier in Schweden gearbeitet. Meine Kinder sind hier aufgewachsen. Später sind sie dann nach Deutschland zurück. Ich hab´s auch versucht, aber ich wollte hier bei meinem Mann bleiben", sie bekreuzigte sich, „ja, und nun kommt mein Sohn immer im Sommer in den Ferien mit meinen Enkelkindern zu Besuch. Damit ich sie auch mal sehe. Ich bin zu alt für so weite Reisen. Ja, so ist das im Leben. Aber, ich langweile euch mit meiner Lebensgeschichte. Ihr seid noch jung und habt das alles vor euch. Ja, die Liebe ist was Wunderbares. Sie kommt immer dann, wenn man es gar nicht erwartet. Ich freue mich immer, wenn ich zwei junge Menschen sehe, die sich gern haben. Da muß ich immer an mich und meinen Johann denken. Wir waren auch so, vor vielen, vielen Jahren."

„Setzen sie sich doch, bitte", sagte Olaf und deutete auf den noch freien Platz zu seiner rechten.

„Danke, ich will euch nicht stören."

„Sie stören uns doch nicht", sagte Petra.

„Auf keinen Fall", bekräftigte Olaf.

„Einen kleinen Moment vielleicht. Danke. Mein Sohn muß gleich kommen. Die Kinder wollten noch auf den Spielplatz. Das ist da ganz hinten", sie zeigte mit ihrem Stock in die Richtung, „das ist zu weit für mich. Ich bin heute schon viel gelaufen, zu viel für meine alten Beine."

So saßen Petra und Olaf mit der alten Dame, die Hedwig hieß auf der Bank und lauschten der Geschichte ihres Lebens. Schließlich sagte sie:

„Da kommt er!" Sie zeigte auf einen der Wege, die sternförmig auf das Bassin führten. Olaf und Petra sahen einen großen Mann mit grauen Haaren, der freundlich in ihre Richtung schaute und winkte, nachdem er seine Mutter entdeckt hatte. Dann kam er schnellen Schrittes auf die Bank zu.

„Das ist Hans, mein Ältester", sagte Hedwig, „das sind Petra und Olaf, zwei nette junge Leute aus Deutschland, stell dir vor!"

„Ja, Mama. Hallo, guten Tag. Ich hoffe, sie hat euch nicht mit ihrer ganzen Lebensgeschichte beglückt?"

„Nein, nein, überhaupt nicht!" beeilte sich Olaf zu sagen.

„Mama!" Hans schüttelte seinen Kopf, „du sollst doch nicht immer! Entschuldigt bitte."

„Wirklich, es war sehr nett, mit ihrer Frau Mutter zu reden", sagte Petra, der die alte Frau leid tat.

„Ganz ehrlich!" ergänzte Olaf.

„Na dann will ich nichts gesagt haben. Aber jetzt verabschiede dich, wir haben noch einen ganz schönen Weg vor uns bis nach Hause. Können wir euch ein Stück mitnehmen?"

„Nein danke, wir sind mit einer Gruppe da, sonst

gerne."

„Schade, meine älteste Tochter ist in euerm Alter, sie hätte sich bestimmt gefreut. Na, vielleicht ein anderes Mal. Moment", Hans griff in die Innentasche seiner Jacke, „da, falls ihr mal in der Nähe seid, kommt ruhig vorbei!"

„Danke, machen wir bestimmt!"

„Auf wiedersehen, ihr beide, es war ein sehr schöner Nachmittag für mich, danke und alles Gute weiterhin für euch!" Hedwig klopfte Olaf kurz auf die Schulter und legte Petra einen kurzen Moment die Hand auf den Kopf. Dann entfernte sie sich langsam mit ihrem Sohn in Richtung Ausgang.

„Seltsam, das alles, oder?" sagte Olaf.

Petra sah ihn an: „Genau dasselbe dachte ich auch gerade!" Ihre Augen strahlten Olaf an. Er erinnerte sich an den Moment auf der Insel, als Karin sie so unsanft in die Wirklichkeit zurück geholt hatte.

„Meinst du…", begann er.

„Was?" hauchte Petra und schloß ihre Augen. Ihr Gesicht bewegte sich langsam, ganz langsam auf das von Olaf zu. Der hatte ebenfalls die Augen geschlossen und spürte, wie sich Petras Mund langsam seinem näherte.

„Da seid ihr ja, ein Glück!"

„Karin!" riefen Petra und Olaf gleichzeitig, nachdem sie ihre Augen geöffnet hatten. Karin stand keuchend vor der Bank.

„Bist du gerannt?" wollte Petra wissen.

„Ja, bin ich."

„Du bist doch sonst eher ein Gegner von fast allem, was Kalorien verbraucht!"

„Ha, ha! Mach dich nur lustig. Das ist alles nur wegen dir!"

„Meinetwegen!"

„Von mir aus auch meinetwegen. Aber, hier geht es nicht um mich, das Lachen wird dir schon vergehen, wenn die Knitter hier statt meiner steht!"

„Wieso sollte die Knitter hier stehen?"

„Weil sie wissen wollen wird, warum Fräulein Petra Wunderbar es vorgezogen hat, auf einer Bank zu sitzen, anstatt pünktlich am Bus zu sein!"

„Wir fahren um zwei, Karin!"

„Eben!"

„O je!" Petra hatte auf ihre Uhr geschaut: Kurz vor!"

„Nein, das kann doch nicht sein!" Olaf suchte nach seiner Uhr. Er trug immer einen kleinen, flachen Wecker bei sich. Schließlich hatte er ihn in einer der Taschen seiner Jeans gefunden. Er klappte den Deckel auf:

„13.58 Uhr!" Petra und Olaf sahen sich fassungslos an: Sie hatten hier mehrere Stunden auf der Bank gesessen und die Zeit war dahin geschmolzen wie ein Eisblock in der Sauna.

„Ich muß. Bis später!" rief Petra im Aufspringen und rannte, gefolgt von Karin, die noch ein:

„Bis später!" in Olafs Richtung keuchte, zum Treffpunkt.

„Bis später", flüsterte Olaf fast tonlos. Er schaute den beiden hinterher, bis sie hinter einer Hecke verschwunden waren. „Was ist da eben passiert?" fragte er sich selbst. Er schloß die Augen und versuchte, sich die Bilder der letzten Stunden ins Gedächtnis zurück zu rufen: „Du bist ein Trottel!" sagte er schließlich.

„Jau, das kann ich nur bestätigen!"

Olaf öffnete die Augen: Er kannte diese Stimme und er kannte dieses Wort: „Ach, du bist es, ich habe dich schon schmerzlich vermißt. Wie war dein Tag?"

„Frag´ nicht!" sagte Tilo und ließ sich auf die Bank

neben Olaf fallen, „das willst du gar nicht wissen."

„Du hast ja so recht", dachte Olaf und wußte doch, was ihn erwartete…

„…Also, wenn du es unbedingt wissen willst!"

„Ich habe nichts gesagt", dachte Olaf.

„Nachdem wir uns vorhin getrennt hatten, habe ich meine Eltern gesucht und auch gefunden. Klar, ich kenne sie ja gut genug und wußte genau, was meine Mutter sich alles anschaut. Jedenfalls war es ganz lustig und sehr interessant. Wußtest du zum Beispiel, daß Selma Lagerlöf…" Tilo traf ein strafender Blick von Olaf, „gut, dann nicht, aber es ist sehr interessant. Ehrlich. Also, wir sind dann zu dem kleinen Kaffee hier im Park, da hinten hinter dem Spielplatz", Tilo fuchtelte mit seinem Arm in der Gegend rum, „nett, richtig nett. Nicht billig hier alles, aber meine Eltern haben ja bezahlt, Kaffee, Kuchen. Lecker. Hättest du auch haben können, Alter."

„Ja, man kann eben nicht alles haben…"

„Genau. Jedenfalls, wir saßen da so beieinander, nett, richtig nett…"

„Das sagtest du schon, glaube ich…"

„War eben wirklich richtig nett, bis", Tilo holte tief Luft, „bis sie kamen!"

„Bis wer kam?" Olaf hatte sich aufgerichtet. Er spürte, daß der Teil der Geschichte, der jetzt folgte der wohl interessanteste, ja, der einzig interessante, sein würde.

„Also, paß auf: Ich saß da so zwischen meinen Eltern und schlabberte die Sahne von meinem Apple Pie, als zwei Mädchen die Stufen zu der Terrasse hoch kamen. Ja, das ist nichts Besonderes. Aber, es waren zwei von denen, Olaf, zwei von denen!"

„Liebster Tilo, Olaf versteht noch nicht!" sagte Olaf.

„Na, Torten, die Torten!"

„Nein!"

„Doch!" Man sah richtig, wie der Gedanke daran Tilo den Schweiß noch immer aus allen Poren trieb.

„Und?"

„Ich habe versucht, mich zu tarnen…"

„Tarnen? Womit? Mit Intelligenz vielleicht?"

„Sehr witzig! Nee, mit der Speisekarte. Schau nicht so. Es war das Einzige, was da rumstand. Ich habe sie mir auf den Kopf gehalten. Und das war dann auch mein Fehler. Na, weil meine Mutter das gesehen hat und laut meinen Namen gerufen hat. Dann hat sie mir das Ding aus der Hand genommen und die beiden haben natürlich in meine Richtung geschaut, weil sie meinen Namen gehört haben und dann haben sie mich erkannt." Tilo machte eine Pause.

„Weiter, Tilo, weiter. Jetzt wird´s interessant."

„Sie haben gewinkt und auch meinen Namen gerufen."

„Und du?"

„Ich habe nichts getan, nur gegrinst. Aber sie haben weiter gewinkt und sind auf unseren Tisch zugekommen. Mein Vater hat das gesehen, meine Mutter natürlich auch. Die haben dann gefragt, ob ich die beiden kenne. Da konnte ich nun schlecht nein sagen. Also hab´ ich gesagt, daß die auch auf dem Campingplatz sind." Tilo machte eine weitere Pause.

„Und dann? Nun laß dir doch nicht jedes Wort einzeln aus der Nase ziehen!"

„Ja, ist ja gut. Sie waren dann schon fast am Tisch vorbei. Ich habe einmal zurück gewinkt. Und dann hat mein Vater sie gerufen."

„Dein Vater hat was?"

„Er hat sie gerufen. Der ist so. Immer freundlich, immer nett. Und er freut sich, wenn ich mich mal für ein paar Mädchen interessiere – und er…"

„Was?"

„Na, meine Mutter sagt immer, daß er kein Kostverächter ist, wenn du verstehst, was ich meine!"

„Ich denke, deine Eltern sind glücklich miteinander?"

„Sind sie ja auch – nur ab und an, Midlifecrisis, sagt meine Mutter dann. Und: So lange er nur schaut, aber wehe, wenn! Das weiß er auch ganz genau. Obwohl, ich glaube schon, daß sie das stört, sie gibt es nur nicht zu. Jedenfalls: du weißt ja, da ist die mit dem Vorbau. Da muß man doch einfach schauen, oder?"

„Wenn du es sagst!"

„Die beiden sind dann zu unserem Tisch gekommen und ich habe meinem Vater gesagt, daß die kein Deutsch und kein Schwedisch verstehen, nur Englisch eben. Das war der nächste Fehler. Du weißt, daß mein Vater sehr gut englisch spricht. Jau."

„Tilo!"

„Was?"

„Genau: Was weiter?"

„Das war es eigentlich schon: Mein Vater hat sich ewig mit denen unterhalten. Ich habe fast nichts davon verstanden, meine Mutter wurde auch allmählich sauer. So habe ich sie lange nicht mehr gesehen. Die mit dem, du weißt schon, saß direkt neben meinem Vater und mir gegenüber – du konntest fast alles sehen. Das war das einzige Vergnügen für mich an der Sache."

„Apropos Vergnügen: Du kennst doch das alles schon viel intensiver und näher, wenn ich mich recht erinnere!"

„Intensiver? Was erzählst du jetzt schon wieder?"

„Na, ich denke da an die Nacht!"

„Welche Nacht?"

„Na, **d i e** Nacht!"

„Ach, du meinst…"

„Ja, genau. Und: Habt ihr auch darüber geredet?"

„Nein, natürlich nicht. Kein Wort. Das wäre mein Ende gewesen."

„Woher willst du eigentlich wissen, daß sie nicht darüber geredet haben, du hast doch so gut wie nichts verstanden, wenn ich dich verstanden habe?"

„Ja, also", Tilo holte zwei- dreimal tief Luft und in seinem Kopf hörte man die Zahnräder rattern: „Mein Vater hätte sich dann anders verhalten und er hätte auch nicht gesagt, daß er die beiden sehr nett fand und vor allem hätte er nicht gefragt, ob sich da was entwickeln könnte."

„Na dann ist ja alles gut."

„Nichts ist gut. Er hat gesagt, sie können ja mal bei uns vorbei schauen auf dem Platz. Und, das hat er mir dann hinterher gesagt, daß er das mit meiner Mutter regeln wird und wenn mir doch soviel an den beiden liegt, dann werden wir länger als geplant bei der Älvdalen auf dem Platz bleiben!"

„Nein!"

„Schrecklich, oder? Ich dachte, wir fahren bald weiter."

„Ja, du hattest ja schon alles, was du wolltest."

„Tut mir leid für dich!"

„Das ist es, was man an einem guten Freund so schätzt: die ehrliche Anteilnahme!"

„Jau. Verstehst du jetzt, was für ein Tag das war für mich!" Tilo streckte seine Arme links und rechts vom Körper und hielt sich mit ihnen an der Lehne der Bank fest: „Und, wie war dein Tag, hast du etwa die ganze Zeit hier gesessen?"

„Ja, habe ich. Klasse, dein Brunnen. Ich habe hier gesessen und auf das Ding geschaut. Leute sind gekommen und gegangen und dann warst du ja auch schon da."

„Siehst du, habe ich dir ja gleich gesagt: Wärst du

mal mit gekommen. Mit deinem Englisch hätten wir besser ausgesehen und dann hätten wir auch gleich mal sehen können, wie wir die beiden aufteilen – obwohl, ich denke, du mußt mit der Kleinen vorlieb nehmen."

„Rührend, wie du um mich besorgt bist. Aber, wo du es gerade erwähnst, waren es nicht drei?"

„Neulich schon, aber die eine war nicht dabei. Nicht weiter schlimm, die war sowieso nicht die Biegsamste, wenn du verstehst, was ich meine?" Tilo grinste Olaf an und seine Finger machten eindeutige Bewegungen.

„Wenn du wüßtest, was ich jetzt gerne mit dir machen würde, dann würde dir dein blödes Grinsen vergehen!" dachte Olaf. Es störte ihn, daß sein Freund so über Petra redete. Aber, da er wußte, was von Tilos Geschichten der Wahrheit entsprach und was nicht, hatte er beschlossen, weiter den Unwissenden zu spielen. „Ja, ich weiß, was du meinst. Auch, wenn ich da nicht so die einschlägigen Erfahrungen habe wie du!"

„Laß den Kopf nicht hängen. Wenn du dich an mich hältst, dann kriegen wir das schon hin. Ja: das habe ich ganz vergessen, ich treffe mich mit den beiden heute Abend! Kannst uns ja Gesellschaft leisten, wenn du willst."

„Hmm, ich denke drüber nach!"

„Tu das und jetzt ab, meine Eltern werden schon warten."

„Du wirst nie erraten, wen wir getroffen haben!"

„Nie!" Karin platzte fast vor Anspannung.

„Gut, dann könnt ihr es mir ja auch gleich sagen!"

„Nun rat doch mal, bitte, nur so!"

„Selma Lagerlöf?"

„Ernsthaft!"

„Den Froschkönig?"

„Schon besser!"

„Viel besser!"

„Also einen Typen oder sowas."

„Eher sowas!" gluckste Karin.

„Brad Pitt!"

„Pit!"

„Na gut, ich weiß es nicht!"

„Wollen wir es ihr sagen, Conny?"

„Na gut, sag es ihr, bevor du einpullerst!"

„Den Schwulen!"

„Nein! Den vom Platz?"

„Ja, genau den. Mit seinen Eltern!"

„Nein!"

„Doch!"

„Und, wissen die, daß der schwul ist?"

„Pit!" Conny wischte mit ihrer flachen Hand vor ihrer Stirn hin und her, „der ist doch nicht wirklich schwul, hast du das vergessen?"

„Ach ja, stimmt ja. Wo ist dann der Witz?"

„Der Witz ist, daß wir uns blendend mit seinem Vater unterhalten haben bei einem superleckeren Stück Apfelkuchen. Der Typ hat nichts verstanden, weil wir ja englisch gesprochen haben."

„Wie, der weiß noch immer nicht, daß wir auch aus Deutschland sind?"

„Nein!" sagten Conny und Karin wie aus einem Mund, „ist das nicht irre!"

„Und der Vater fand uns sympathisch. Ich hatte fast den Eindruck als wenn der Conny angemacht hat!"

„Quatsch, Karin!"

„Doch, so, wie der dich angeschaut hat, da…" Karin zeigte auf Connys Ausschnitt.

„Ehrlich?" Conny wurde leicht rot, „meinst du wirklich?"

„Ja, meine ich!"

„Und, wie sieht er aus, der Vater meine ich!"

„Gar nicht so übel, für sein Alter, oder Conny?"

„Ja, wenig Haare, kleiner Bauch, aber sonst ganz gut gehalten."

„Na dann: wer von euch nimmt den Sohn und wer den Vater?"

„Pit! Keiner nimmt den Vater. Der ist verheiratet", sagte Karin.

„Und außerdem ist er zu alt, aber so ein kleiner Flirt vielleicht…"

„Nicht im Ernst, oder Conny?" Karin schaute ihre Freundin mit weit aufgerissenen Augen an.

„Ein bißchen heiß machen, ihr versteht?" Sie atmete tief ein und hob mit ihren Händen ihre Brust an.

„Und was wird aus dem Sohn?"

„Na ja, den schenke ich Karin, die soll auch nicht leben wie ein Hund!"

„Danke, Conny!" Karin zog einen Schmollmund.

„Aber", Conny wandte sich jetzt Petra zu, „am besten gefällt mir eigentlich deiner…"

„Laß die Finger von ihm, Conny!" Das Braun in Petras Augen war fast schwarz und ihre Stimme tonlos.

„Ja, schon gut. War nur ein Witz, komm wieder runter!"

„Sorry, ich…" Petra rieb sich die Augen, „tut mir leid, vergiß es einfach."

„Klar, no problemo."

„Trefft ihr euch nun nochmal mit Junior? Wie heißt der eigentlich noch gleich?"

„Tilo oder Timo oder so".

„Tilo, glaube ich", sagte Karin.

„Wir haben so eine lockere Verabredung für heute

Abend."

„Geht ihr hin?"

„Vielleicht, mal sehen. Komm doch mit."

„Ich weiß nicht, Karin."

„Du kannst deinen ja mitbringen, wenn du willst. Ich laß ihn auch in Ruhe. Versprochen!"

„Klar, kannst du. Was war übrigens bei euch heute?"

„Ach, nichts."

„Wie? Du willst uns doch nicht erzählen, daß ihr die ganze Zeit da in der Sonne auf der Bank gesessen habt und nichts gemacht habt?"

„Doch, im Prinzip war das so."

„Nee, Petra, das glaube ich nicht, daß da gar nichts passiert ist!" Conny stand mit gespreizten Beinen und verschränkten Armen vor Petra.

„Das habe ich auch nicht gesagt!"

„Doch, hast du! Ich hab's auch gehört!" flötete Karin, die sich die Hände in die Hüften gestemmt hatte und direkt neben Conny stand.

„Ich hab' gesagt, daß wir nichts gemacht haben. Ich hab' nicht gesagt, daß nichts passiert ist!" sagte Petra grinsend, „und jetzt entschuldigt mich, ich muß entspannen!"

„Hast du das jetzt verstanden, Conny?"

„Nee, Karin. Die Sonne! So ein paar Stunden in der Mittagssonne sind eben nichts für jeden!"

„Nichts gemacht und was passiert! Pit, Pit, wie soll das mit dir enden."

„Egal. Komm, wir gehen ein bißchen bummeln da hinten!" Conny zeigte in Richtung der Hütte, in dem die Engländer ihr Quartier hatten.

„Du meinst?", sagte Karin zögernd, „Aber, was wird aus Tilo!"

„Der läuft uns nicht weg und, die Typen waren doch nicht übel, oder? Man muß sich schließlich mehrere

Optionen offen halten, für alle Fälle!"

„Ja denn, schauen wir mal!" sagte Karin lachend und hakte sich bei Conny ein, wie sie es meistens tat.

Petra lag auf ihrem Bett und starrte an die Decke. Sie dachte an die vergangenen Stunden. Sie dachte daran, wie sie mit diesem Olaf auf der Bank gesessen hatte, wie sie die Wärme seiner Hand gespürt hatte, diese wohlige, angenehme Wärme der Berührung. Sie hatten mehrere Stunden dort gesessen und es war eigentlich nichts passiert. Sie hatten nur da gesessen, sich gespürt und der alten Frau zugehört. Trotzdem hatte sie etwas verbunden, etwas, das sich Petra nicht erklären konnte und das ihr Angst machte. Olaf war nicht der erste Junge in ihrem Leben. Gut, sie war noch Jungfrau, aber auch nur, weil sie sich bisher nicht zu diesem letzten Schritt hatte entschließen können. Die Gelegenheit diesen Zustand zu beenden hätte sie schon mehr als einmal gehabt. Es hatte aber immer etwas gegeben, daß sie im letzten Moment einen Rückzieher hatte machen lassen. Bei diesem merkwürdigen Typ, der sehr ruhig, ein bißchen ungeschickt und auch sehr schüchtern zu sein schien, hatte sie daran noch überhaupt keinen Gedanken verloren. Sie hätte ihn gerne geküßt, seine Lippen gespürt, ihren Geschmack kennen gelernt. Ja, sie wollte wissen, wie sie schmeckten. Es machte sie wahnsinnig, daß sie das nicht wußte. Es war schlimmer als alles andere. Sie mußte ihn wiedersehen. Sie hatte keine Ahnung, wie lange er noch auf diesem Platz blieb: Jeden Tag konnte er abfahren und dann war es zu spät, irgendetwas festzustellen. Sie wußte nicht einmal, woher aus Deutschland er kam, noch, wie er mit Familiennamen hieß.

„Reichlich wenig, Pit!" sagte sie und starrte weiter Löcher in die Decke.

„Heute gibt es was ganz Besonderes!" Dieter strahlte über alles, was er hatte. Die ganze Rückfahrt zum Platz war er in diesem Zustand. Sie hatten noch einen Zwischenhalt beim Wohnhaus von dieser Lagerlöf gemacht, aber Olaf hatte zum Glück im Wagen bleiben dürfen. Dann war es zum nächsten Supermarkt gegangen. Auch dort hatte er im Innern des Wagens verweilen gedurft. Genauso wie Tilo. Denn: Es sollte ja eine Überraschung zum Essen geben. Dieter und Marlies waren fast eine Stunde verschwunden, dann war die Fahrt weiter gegangen. Irgendetwas mußte vorgefallen sein, denn die beiden wechselten kein Wort mehr miteinander. So fröhlich und unbefangen sich Dieter gab, so still und eigentümlich führte sich Marlies auf. Olaf vermutete, daß dies etwas mit dem zu tun hatte, was Tilo ihm darüber erzählt hatte, wie sein Vater Conny in sich aufgenommen hatte. Er wollte sich da nicht einmischen. Es war nicht seine Familie. Bei seinem Vater konnte er sich so etwas überhaupt nicht vorstellen. Im Gegenteil: Seine Mutter hätte frohlockt, wenn sein Vater mal Augen für irgendetwas anderes als für sie gehabt hätte. Zuweilen ging ihr das ganz schön auf den Geist. Das hatte sie ihm mal gesagt. Daß das bei Tilos Eltern anders war, hätte er vor diesem Tag nicht gedacht.

„Wir sind da!" Der Wagen hielt und Dieter bedeutete Tilo und Olaf, auszusteigen. „In zwei Stunden, okay Boys?" sagte er und zwinkerte ihnen dabei zu.

„Was ist mit deinem Vater?"

„Zweiter Frühling oder so. Au man, da habe ich was angerichtet!"

„Kopf hoch, ist nicht deine Schuld!"

„Irgendwie schon, oder?"

„Quatsch nicht. Was soll passieren? Heute Abend zeigst du den beiden wieder, was für ein Hengst du bist und dann hat dein Vater keine Chance!"

„Idiot!" Tilo ließ Olaf einfach stehen und trottete mit gesenktem Kopf zum Zelt.

„Tja, wer andern eine Grube und so weiter!" dachte Olaf. Irgendwie tat ihm sein Freund natürlich trotzdem leid auf der einen Seite. Andererseits aber hatte er sich durch seine Lügengeschichten und Phantasien selbst in diese Situation gebracht und Olaf dachte im Moment nicht daran, ihn dabei zu unterstützen, einen Ausweg zu finden. „Nee, das mußt du schon alleine schaffen. Ich habe meine eigenen Probleme. Und die sind sehr real, mein Alter. Jau!" Damit folgte er Tilos Spuren.

Achtes Kapitel

„Hey, du Schlafmütze! Hoch mit dir, es wird Zeit!"

„Zeit wofür? Was ist los?" Olaf rieb sich die Augen. Er lag in seinem Schlafsack und mußte eingeschlafen sein.

„Wir haben eine Verabredung am Wasser, du erinnerst dich?"

„Nicht wirklich, aber wird schon stimmen. Mit wem?"

„Na, mit den beiden Torten!"

„Deinen Engländerinnen?"

„Genau, mit denen."

„Und die dritte, kommt die auch mit?"

„Nee, wohl nicht."

„Ach", Olaf drehte sich einmal um sich selbst und zog sich den Schlafsack wieder hoch bis an die Ohren, „ich habe eigentlich auch gar keine richtige Lust. Geh doch alleine – dann ist mehr für dich da!"

„Quatsch. Diesmal kommst du mir nicht aus, das ziehen wir heute zusammen durch", er sah Olaf durchdringend an: „du hast es mir versprochen!"

„Ja, gut, geh schon mal vor!" sagte Olaf und schälte sich aus dem Schlafsack. Das Anziehen konnte er sich sparen; er trug seine Sachen noch.

„Nee, nee, ich warte vorm Zelt. Nicht, daß du doch noch kneifst! Beeil dich!"

„Ich bin ja schon da." Olafs Kopf erschien und danach der Rest seines Körpers. Olaf zog sich seine Schlappen an und marschierte los: „Hopp, hopp! Bringen wir es hinter uns!"

Die beiden liefen den kleinen Weg hinunter und erreichten den Steg, wo sie schon von Conny und Karin erwartet wurden. Petra war nirgends zu sehen.

Seltsamerweise verspürte Olaf darüber keinerlei Bedauern. Im Gegenteil: Wie er Conny und Karin da so am Steg stehen sah im Dämmerlicht, da erschienen sie ihm zumindest nicht uninteressant. Er überlegte, wie er sich verhalten sollte: Sollte er Tilo sagen, daß die beiden durchaus Deutsch sprachen? Er beschloß, abzuwarten.

„Hi!" sagte Conny und

„Hi!" sagte auch Karin.

„Hi!" sagten Olaf und Tilo. Die vier standen sich nun gegenüber. Olaf betrachtete zuerst Karin: Sie trug eine knallenge blaue Jeans und darüber ein viel zu kurzes T-Shirt, das den Blick auf ihre hervorquellenden Hüften frei gab. Den BH schien sie eingespart zu haben, denn man konnte ihre Brustspizen unter dem T-Shirt sehen. Conny trug einen dünnen, langen Rock. Da die Sonne von hinten kam, konnte man ihre Beine sehen und ihr Slip war auch deutlich zu erkennen. Es waren sehr schöne Beine, fand Olaf. Auch der Rest ihres Körpers ließ ihn erschauern: Sie hatte sich eine Art Tuch um ihren Oberkörper gebunden, der außer ihren Brüsten eigentlich nichts verdeckte. Und diese Brüste! Er mußte Tilo zustimmen, sie waren etwas Außerordentliches. Das konnte er jetzt ganz deutlich erkennen, zu deutlich. Das Tuch drückte sie seitlich zusammen und gleichzeitig nach oben. Das erweckte den Eindruck, sie müßten jeden Moment vorne herauskullern.

„My frent!" sagte Tilo und zeigte auf Olaf.

„Karin", sagte Karin und zwinkerte Olaf zu während sie ganz nah an ihn herantrat.

„Olaf, hi!"

„My name is Conny!" sagte Conny und drückte Karin zur Seite. Die hatte verstanden und wendete sich Tilo zu:

„Come on!" sagte sie nur und schob ihn vor sich her ein Stück weiter das Ufer entlang.

„Aber, ich, ich wollte eigentlich…" rief Tilo und schaute hilfesuchend zu Olaf. Der stand inzwischen so dicht vor Conny, daß er ihren Atem spüren konnte.

„Danke, daß du uns nicht verraten hast", hauchte Conny.

„Klar, logisch", stammelte Olaf.

„Du hast dir eine kleine Belohnung verdient", Olaf konnte nun die Spitzen von Connys Brüsten durch das Tuch spüren, „oder auch eine größere", sie senkte ihren Blick und preßte ihre Brust an Olafs Brustkorb. Olaf wollte zurückweichen, aber er war wie gelähmt. „Du erinnerst dich an mein Angebot aus dem Supermarkt?"

Conny löste den Knoten im Tuch und führte Olafs Hände zu ihren Brüsten, „da, bedien dich!" Olaf blieb die Spucke im Hals stecken. Er begann, zu schwitzen. „Nicht so schüchtern! Los, du hast es dir verdient!" Ihre Hände lösten sich von seinen und glitten hinunter an seinem Körper. Dann faßten sie sein T-Shirt und rissen es ihm in einer einzigen, schnellen Bewegung vom Körper. Olaf zitterte überall. Jetzt spürte er Conny auf seiner nackten Haut. Es war ein unbeschreibliches Gefühl. Einen letzten Moment versuchte er noch, sich zu wehren, dann war sein Widerstand endgültig gebrochen: Seine Hände griffen nach Connys Brüsten und seine Lippen versenkten sich darin. „Ja, so ist es gut. Das gefällt dir, oder?" Conny stöhnte lustvoll und Olafs Hände suchten sich ihren Weg an Conny hinunter. Er spürte ihre Hüften, ihren Po und dann die Wärme ihrer Schenkel. Sie riß seinen Kopf nach oben: „Küß mich!" rief sie und preßte ihre Lippen auf die Seinen. Dann zog sie ihn mit sich hinunter in den Sand. Olaf spürte ihre Hände an Stellen seines Körpers, wo er noch nie ein Mädchen gespürt hatte:

„Nein, nicht, noch nicht", stöhnte er und wußte, daß es nur leere Worte waren. Conny warf seine Hose in weitem Bogen von sich und preßte ihren Körper auf seinen.

„Ja, jetzt, komm!" Olaf bewegte sich rhythmisch und wurde plötzlich von einer äußeren Kraft unter Conny weggezogen. „Was, was soll das?" rief er.

„Was das soll? Du stellst Fragen! Wir wollen los, du Schlafmütze!"

„Was?" Olaf öffnete seine Augen: Vor ihm hockte Tilo. Er selber befand sich noch immer in seinem Schlafsack. „Hab´ ich geschlafen?"

„Wie ein Murmeltier. Du warst kaum wach zu bekommen. Und gewälzt hast du dich und geschrien.

Man, war bestimmt ein schrecklicher Traum, Alter!"

„O ja, wenn du wüßtest, wie schrecklich!" sagte Olaf mit einem geheimnisvollen Lächeln um die Mundwinkel.

„Behalt ihn ruhig für dich, ich will es gar nicht wissen. Wenn du dich erholt hast, dann wäre es toll, wenn du mir Gesellschaft leisten würdest."

„Wobei? Müssen wir schon los zum Essen?"

„Nee, das Essen braucht noch einen Moment. Du weißt ja, heute gibt es etwas ganz Besonderes. Was auch immer das sein mag. Aber...", Tilo druckste herum, „ich, ich soll unseren Besuch abholen."

„Welchen Besuch?"

„Na, du erinnerst dich doch, daß mein alter Herr die beiden Torten eingeladen hat. War eigentlich nur so zwanglos, aber jetzt ist er von der Idee besessen. Der redet von nichts anderem mehr. Meine Mutter ist schon stinksauer. Jedenfalls, damit sie auch wirklich kommen, soll ich sie holen. Ich dachte, du begleitest mich, weil dein Englisch ja doch besser ist als meins!"

„Begleiten? Zu den, den Mädchen?" jetzt begann Olaf wirklich zu schwitzen. Wenn er Tilo begleitete, dann mußte er ihm vorher reinen Wein einschenken. „Nee", sagte er, „du kennst meine Antwort und daran hat sich nichts geändert: Du hast dir das alleine eingebrockt und du kannst es auch alleine auslöffeln!" damit drehte er Tilo den Rücken zu und betrachtete das Gespräch als beendet.

„Du bist ein echter, echter Freund! Bis später dann!" Tilo verließ das Zelt und machte sich grummelnd an den Aufstieg.

„So schwer kann das doch gar nicht sein", sagte er sich, „ich gehe dahin und dann sage ich einfach die Namen. Namen versteht jeder. Und so viele Connys und Karins wird es da ja nicht geben. Genau, so mache ich es." Tilo beschleunigte seinen Schritt und hatte nach kurzer Zeit das Haus erreicht, in dem die Mädchen wohnten. Er wußte aus den Jahren davor, daß es eine Trennung nach Mädchen und Jungen gab. Er beschloß, den ersten Besten zu fragen, der ihm entgegenkam. „Ah, da ist schon eine. Hello! Hello! Excuuse mi!" Tilo rannte auf ein dunkelhaariges Mädchen zu, das gerade aus einer der Türen gekommen war. Sie blieb stehen und sah Tilo fragend an. „I want", begann er, „I want Conny and Karin. Ju anderständ?"

„Ah, you mean Conny and Kathrin!" ein Lächeln glitt über die Gesichtszüge des Mädchens.

„Kathrin? Hmm, von mir aus auch so. Yes, yes Conny and Kathrin!"

„Over there!" sagte das Mädchen und zeigte auf eine der hinteren Türen in der Hütte.

„Thank you", sagte Tilo und ging auf die Tür zu. „Das war ja einfach. Wenn das Olaf sehen könnte. Jau! Wozu brauche ich ihn, ich schaffe das auch alleine. Man muß sich nur zu helfen wissen." Tilo klopfte gegen die Holztür. Drinnen bewegte sich etwas und einen Augenblick später wurde die Tür geöffnet:

„Yes?"

„Äh…hi…I…" Tilo trat unwillkürlich einen Schritt zurück: Vor ihm stand ein Mädchen, das in etwa seine Größe hatte. Sie hatte kurze, dunkle Haare und außer ihres weiblichen Geschlechtes weder Ähnlichkeiten mit Karin noch mit Conny. Er fragte sich, wie sie durch die Tür in das Innere des Raumes gelangt sein konnte. „Die können dich erschlagen und sie werden es auch tun, wenn du ihnen zu nahe kommst!" dachte er, als er auf ihre Brüste starrte. Es blieb ihm gar nichts anderes übrig, als das zu tun: sie erhoben sich wie ein Balkon ein Stück über ihm, da die Tür leicht erhöht lag.

„What?" Die Stimme der jungen Dame klang nicht

sehr freundlich und Tilo wollte sich nicht ihren Zorn zuziehen.

„Conny?" begann er vorsichtig. Es war Conny, aber es mußte hier noch eine andere Conny geben. So schnell konnte sich kein Mensch verändern. Tilo versuchte, es Conny zu erklären, aber sie verstand genauso viel von dem was er sagte, wie er von dem verstand, was sie von sich gab. Das, was sie verstand, machte sie wütend: Sie nahm an, daß Tilo sich über sie wegen ihres Aussehens lustig machen wollte. Schließlich hatte sie genug und schlug ihm die Tür vor der Nase zu.

„Hey! No, I... Mist und nun? Ach, was soll´s!" sagte Tilo und nahm allen Mut zusammen. Er klopfte noch einmal an die Tür: „Hey, I..." begann er, als sie sich öffnete. Dann spürte er, wie etwas mit großer Kraft gegen seinen Brustkorb drückte und einen Augenblick später lag er im Sand vor der Hütte. Conny lachte und verzog sich zufrieden in das Innere der Hütte. „Klasse!" Tilo klopfte gegen seinen Brustkorb. „Scheint nichts gebrochen zu sein, na immerhin!" Er versuchte, sich zu erheben, als er vor sich eine ausgestreckte Hand sah. „Ah, bist du doch noch gekommen – oh!" Tilo hatte gedacht, daß ihm Olaf gefolgt wäre, aber als er aufsah blickte er in ein nettes weibliches Gesicht aus dem ihm zwei blaue Augen entgegen lachten.

„Ich bin Kathrin!" sagte das Gesicht.

„Yes and I – du sprichst Deutsch?"

„Ja, nicht viel, etwas", sagte Kathrin sichtlich verlegen.

„Nein, nein, das ist gut. Ich nicht englisch, ganz wenig, ja?" Sie nickte. „Tilo, ich heiße Tilo!"

„Tinlo, das ist nett!"

„Nein, T i l o nicht T i n l o, ja?"

„Tillo?"

„Jau, auch gut, dann Tillo. Yes, gut!" sagte er und lächelte Kathrin an.

„Was du wolltest von Conny?"

„Ich? Nichts. War eine Verwechslung, verstehst du?"

„Ein wenig", sagte Kathrin und zuckte mit den Schultern. „Soll ich helfen?"

„Nein, geht schon", sagte Tilo um sich gleich darauf eines Besseren zu besinnen: „Ah, nein, tut weh, sehr weh. Ich glaube, ich kann nicht alleine laufen."

„Ich bringe dich, ja?"

„Ja, gerne. Sehr gerne. Da unten, da", er zeigte in Richtung See, „Zelt, ich zelte."

„Zelten ist gut? Wir sind mit der Schule da, mit der Klasse, holiday."

„Ja, Ferien, verstehe."

„Fe-ri-en?" wiederholte Kathrin.

„Jau, holiday", er zeigte auf Kathrin, „Ferien", er zeigte auf sich. Sie lächelte

„Holiday – Ferien", wiederholte sie und half ihm dann auf.

Tilo gab sich alle Mühe, möglichst hilflos zu wirken und hängte sich wie ein nasser Sack an seine neueste Entdeckung. Den Weg runter zum Zelt erfuhr er, daß die Klasse von Kathrin hier die nächsten zwei Wochen verbringen mußte. Sie alle fanden das ziemlich öde. Abends machten sie ab und an Party, mußten aber immer aufpassen, daß sie nicht erwischt wurden. Kathrin war fünfzehn und kam aus der Gegend von London.

„Zwei Wochen! Das ist ja phantastisch, da lohnt sich doch das Zelten!" murmelte er vor sich hin.

„Ich verstehe nicht? Du sprichst zu schnell, langsamer, bitte."

„Natürlich, klar. Da, da ist das Zelt!"

„Klein", sagte Kathrin, „für du alleine?"

„Äh, nein, Freund und Eltern!"

„Vier Leute, da?" Kathrin zeigte auf das Zelt und konnte es nicht glauben.

„Nein, zwei: Ich und mein Freund. Meine Eltern sind in einem Wohnmobil, Caravan?"

„Ich verstehe. Wie geht es dir, besser?"

„Ein bißchen, das war nett von dir!"

„Nein, das war doch…" Kathrin errötete.

„Ich habe eine Idee, ein Dankeschön für deine Hilfe."

„Ein Dankeschön?"

„Ja, ein, ein, wie hieß das doch noch gleich? Moment, please!" Tilos Gehirn arbeitete fieberhaft.

„Und, hast du sie gefun…" Olaf hatte seinen Kopf aus dem Zelteingang gesteckt, „Huch, was ist das denn?"

„Das ist Kathrin! Kathrin, das ist Olaf!" Die beiden nickten sich zu. „Gut, daß du gerade auftauchst: Was heißt Geschenk noch gleich?"

„Present, wieso?"

„Klar! Ein Present, für dich, ja, für deine Hilfe!"

„Ein Present, ja? Von dir, Tillo?"

„Wer ist Tillo?" Olaf schaute seinen Freund fragend an.

„Ich."

„Du?"

„Nicht jetzt, ja?" sagte er, als er Olafs Blick sah und wandte sich dann wieder Kathrin zu: „Ja, Present. Hast du jetzt Zeit?"

„Ja, ein bißchen schon."

„Gut, willst du mit uns Essen, es gibt Grillzeug!"

„Grillzeug?"

„Steh nicht so blöd in der Gegend rum, hilf mir lieber, ja!" Tilo gab Olaf, der dem Wunsch Tilos nachgekommen zu sein schien und so tat, als wenn er der Unterhaltung nicht mehr folgte, einen Stoß in die

Seite.

„Ja, ist ja gut. Auf einmal bin ich wieder deiner Aufmerksamkeit wert!" Dann übersetzte er Kathrin Olafs Worte. „Also: Gerne hat sie gesagt, aber sie muß oben noch Bescheid sagen, wo sie ist, dann geht es. Sie ist gleich wieder zurück."

„Klasse. Sag ihr, ich warte hier auf sie, ja?"

„Ja." Olaf tat, wie ihm geheißen und dann sahen er und Tilo Kathrin hinterher, die sich schnell entfernte.

„Wo, wo hast du die denn schon wieder her?" sagte Olaf, als Kathrin außer Hörweite war.

„Das verrate ich dir später. Ist eine lange Geschichte."

„Du lernst es auch nie, oder?" Olaf schüttelte seinen Kopf, „Was wird denn jetzt aus den beiden anderen?"

„Den anderen? Ach ja, die habe ich ganz vergessen." Tilo senkte seinen Blick: „Warte, das kriegen wir hin."

„Ganz bestimmt, ganz bestimmt!"

„Jau!" Tilo schaute jetzt wieder strahlend in die Richtung in der Kathrin verschwunden war: „Paß auf, Olaf! Du wartest hier auf Kathrin. Ich gehe inzwischen zu meinen Eltern und checke die Lage. Ich werde ihnen erklären, daß die beiden nicht kommen können. Ja, und daß wir aber trotzdem Besuch haben, weil du jemanden kennen gelernt hast. Dann kommst du mit Kathrin und das andere wird sich schon finden. Das wird gehen. Das ist genial."

„Sonst geht´s dir noch?"

„Komm, ist doch nichts weiter bei! So schlecht sieht sie doch gar nicht aus!"

„Ja, stimmt, ganz lecker eigentlich. Gut, ich mach es. Aber, ich garantiere für nichts, du verstehst?"

„Untersteh´ dich! Wer´s gefunden hat, der darf´s behalten!"

„Wer´s gefunden hat? Au man, deine Freundin

möchte ich nicht sein!"

„Ist auch besser so, Alter", Tilo grinste Olaf an, „du bist mir da vorne ein bißchen zu flach!" er zeigte auf Olafs Brust und ging pfeifend in Richtung Grillplatz.

Was Olaf am meisten verwunderte war, daß dieses nette Mädchen sich wirklich mit so einem Typen abgeben wollte wie Tilo. Er verstand die Welt nicht. Olaf fragte sich, was Tilo hatte, was er nicht hatte. Dann fiel ihm sein Traum ein und er schüttelte sich. Bevor Tilo mit Kathrin aufgetaucht war, hatte er an nichts anderes gedacht. Er war noch verwirrter als er es ohnehin schon gewesen war. Weshalb hatte in seinem Traum Petra keine Rolle gespielt? Sie war nicht einmal aufgetaucht. Stattdessen hatte er mit Conny rumgemacht und es hatte ihm sogar gefallen und wenn Tilo ihn nicht geweckt hätte, wer weiß, was dann noch alles geschehen wäre. Waren das seine Wünsche? Sehnte er sich nach der Art von Freundschaft? War er etwa genauso wie Tilo? Waren alle Jungen in seinem Alter so? Fragen über Fragen hatten sich in Olaf geformt und am liebsten hätte er sich eine Weile ganz alleine in eine Ecke zurückgezogen. Das war aber im Moment unmöglich. Er mußte sich nun um Kathrin kümmern. Um Tilos Kathrin.

„Hi, mom, wo ist Paps?" Tilo hatte die Grillstelle am Wasser erreicht, die sich unterhalb des Standortes des Wohnmobils befand. Solche Grillstellen gab es in diesem Land überall an den Straßen und Seen und natürlich überall auf den Campingplätzen. Es wurde viel gegrillt im Sommer in diesem Land. Meistens handelte es sich bei den Plätzen um ein Stück Wiese, auf dem man Steinkreise legte, in denen man dann sein Grillgut verarbeitete. Hier gab es sogar einen eisernen Grillrost, der an einer Kette über der Feuerstelle schwebte. Das war Luxus pur. Einige Meter weiter stand ein Ensemble aus massivem Holz: ein großer Tisch und links und rechts je eine Holzbank ohne Lehne. Genug Platz für alle also. Hier war seine Mutter gerade dabei, alles vorzubereiten.

„Der ist hinten beim Grill, mit den Damen!"

„Welchen Damen?"

„Na mit Bonny und Katrin", sagte Marlies in einem Ton, der keine große Begeisterung für die Tatsache erkennen ließ, daß sein Vater sich in der Gesellschaft der beiden Mädchen befand.

„Ach, du meinst Conny und Karin", sagte Tilo und überlegte, wie er Kathrin die Existenz der beiden erklären sollte.

„Oder so", sagte seine Mutter und fuhr unbeirrt in ihrer Tätigkeit fort.

„Und, was machen die da?" fragte er und bemühte sich, dabei möglichst gelangweilt zu klingen.

„Na, grillen, was denn sonst?" sagte seine Mutter und man sah ihr an, daß sie sich dessen nicht ganz sicher war.

„Ach so, ich geh´ dann mal hin."

„Nein!" sagte seine Mutter in einem ungewohnt scharfen Ton, „du kannst hier weiter machen, ich wollte sowieso gerade das Tablett nach hinten bringen. Hier!" sie drückte Tilo die Schüssel mit dem Besteck in die Hand und verschwand mit dem Tablett in Richtung Grillplatz.

Als sie an dem kleinen Gebüsch vorbei war, das einem die Sicht auf den Platz verstellt hatte, blieb sie wie angewurzelt stehen: Ihr Mann stand dicht an dem Grillrost. Vor ihm sah sie die beiden Mädchen. Alle schauten in ihre Richtung, aber sie nahmen sie nicht wahr, da sie auf die Grillpfanne starrten. Dieter hatte seinen linken Arm oberhalb der linken Hüfte von Conny platziert und seine Hand ruhte dicht unter ihrer Brust. Sein anderer Arm hielt ihre rechte Hand, in der sie eine Grillzange hatte und versuchte, Würstchen zu wenden.

„Schau, das mußt du so machen, hier", Dieter führte Connys Hand leicht nach oben und drehte sie dann vorsichtig ein Stück, „siehst du, so geht das, Mädel."

„Ah, very good!" sagte Conny und zwinkerte Karin zu, die sich nun Dieter von der anderen Seite näherte.

„Can you show me too?" sagte sie und drückte ihren Körper leicht an seinen.

„Ja, klar, klar, nichts lieber als das! Komm her, Mädchen!" sagte er und ließ Connys Hand los. Jetzt stand er genau zwischen den beiden. Seine Hände lagen da, wo sie besser nicht hätten liegen sollen und er sah sehr zufrieden aus: „Ja, das wird ein schöner Abend heute! So, und jetzt werden wir uns mal um das zarte Fleisch kümmern!" Dieter senkte seinen Blick und sah zwischen Conny und Karin hin und her. Man brauchte nicht viel Phantasie, um seine Gedanken erraten zu können.

„Das könnte dir so passen!" Marlies war zu dem Grill gestürmt und stand jetzt direkt auf der anderen Seite, die Arme in die Hüften gestemmt: „Nichts ist! Vergiß das zarte Fleisch! Es hat sich ausgegrillt!"

„Marlies, äh, schön, daß du kommst. Bist du schon lange hier?"

„Lange genug!"

„Ich wollte dich gerade rufen!" Dieter schluckte und ließ seine Arme möglichst unauffällig ein kleines Stück weiter nach unten wandern.

„Natürlich! Genauso sieht das hier auch aus!"

„Marlies, was ist denn in dich gefahren! Was meinst

du?"

„Das weißt du ganz genau!" Sie deutete mit ihrem Kopf auf Conny und Karin.

„Ach, das. Das ist nicht so, wie es aussieht."

„Ach, wie sieht es denn aus?"

„Man könnte vielleicht…" begann Dieter und immer mehr Schweißperlen rannen an seinem Gesicht hinunter, „wir stehen hier doch nur so rum und ich zeige den beiden gerade, worauf es ankommt."

„Das glaube ich dir gern, daß du ihnen das zeigen willst! Wissen die das denn auch, was du meinst?"

„Marlies!"

„Nimm endlich deine Hände da weg!"

„Wenn es dich stört, aber…"

„Nichts aber. Was soll das sein: Willst du die Fleischqualität testen?"

„Marlies! Du machst eine Mücke aus einem Elefanten, äh, einen Elefanten aus einer Mücke natürlich, ehrlich!"

„So? Dann ist es ja nicht weiter schlimm, wenn wir das hier jetzt beenden, oder?"

„Beenden? Ja, das Fleisch ist fast fertig, wir können Essen! Ich wußte, daß du wieder vernünftig wirst!"

„Ich glaube, du hast mich nicht verstanden: Mit Beenden meinte ich, daß uns die beiden jungen Damen jetzt verlassen sollten!"

„Ach Marlies, komm, die beiden haben sich doch so gefreut und Tilo…"

„Laß deinen Sohn da raus – es geht hier ganz allein um dich!"

„Marlies, nicht vor den Mädchen!"

„Richtig, jetzt hast du es kapiert! Ihr beiden: weg, ab! Verschwindet hier, aber schnell! Avanti, avanti!"

„What?" Conny und Karin taten so, als wenn sie kein Wort verstanden hätten.

„It´s better for you to go. My Wife has her period. You know, do you? Na ja. Wir holen das ein anderes Mal nach, vielleicht, ihr versteht?"

„Oh!" sagte Conny und schaute traurig nach unten, „what a pity! Ich hatte mich schon so auf ein leckeres Würstchen gefreut!"

„Das ist doch wohl die Höhe: Verschwindet hier und laßt euch bloß nicht mehr sehen! Flittchen!"

„Marlies, nimm dich zusammen, bitte!"

„Ich nehme mich zusammen, mein Lieber, du kannst dir gar nicht vorstellen, wie sehr ich mich zusammen nehme!"

„Die armen, unschuldigen Dinger. Ich hoffe, du bist jetzt zufrieden?" Er deutete auf Conny und Karin, die gerade hinter den Büschen verschwanden.

„Unschuldige Dinger? Ha! Und: was bitte heißt zufrieden – womit zufrieden? Ich habe nichts getan."

„Ich auch nicht."

„Daß ich nicht ganz laut lache: Ha, ha!"

„Du überreagierst, das sind die Hormone. Wenn man in die Wechseljahre kommt als Frau, dann…"

„Das schlägt doch dem Faß den Boden aus: Die Wechseljahre. Eine Unverschämtheit ist das! Wer hier in die Wechseljahre kommt ist ja wohl noch die Frage! Wenn du deine Säfte nicht mehr kontrollieren kannst, wenn ich dir zu alt bin, dann, dann…" Tränen begannen über Marlies Gesicht zu laufen und die Worte kamen nur noch abgehackt und stoßweise aus ihrem Mund, „… dann su- such dir doch ei- eins von diesen, diesen jun- jungen Dingern da! Diesen Flittchen! A- aber ohne mi- mich!" Damit warf sie das Tablett in den Grill und stürzte in Richtung Eßplatz davon.

„Marlies – Liese – Lieschen!" Dieter wischte sich den Schweiß von der Stirn, „Liese, warte, bitte, nun sei doch nicht so! Lieschen!" Dieter folgte seiner Frau, immer wieder ihren Namen rufend.

Tilo hatte die Teller verteilt und das Besteck an seinen Platz gelegt.

„So, noch die Gläser jetzt und fertig. Möchte wissen, was die da so lange machen!" Er hatte gerade das letzte Glas an seinen Platz gestellt, als er Karin und Conny auftauchen sah:

„Hi!" sagte er und ging auf die beiden zu. „Alles all right?" Er lächelte sie an.

„Sure, boy!" sagte Conny und gab ihm eine schallende Ohrfeige. Dann drehte sie sich um, hakte Karin unter und die beiden gingen Arm in Arm davon.

„Was, was war das denn?" Tilo hielt sich die Wange, „man, hat das gezeckt!"

Er beschloß, seine Eltern zu fragen, was passiert war, als seine Mutter auftauchte:

„Mom, weißt du, was eben passiert ist? Mom?" Tilo schaute seiner Mutter hinterher, die an ihm vorbei gestürmt war, als wenn der Leibhaftige hinter ihr her wäre. „Mom? Was ist denn…" Da sah er auch schon seinen Vater heranstürmen: „Paps, was ist denn mit Mom? Paps?"

„Wir sprechen uns noch, mein Sohn! Da kannst du Gift drauf nehmen!" schnaufte sein Vater im Vorbeihasten ohne Tilo eines Blickes zu würdigen.

„Paps? Mom? Sind denn jetzt alle verrückt geworden?" Tilo stand alleine auf dem Eßplatz und wußte nicht, was er von der ganzen Sache halten sollte.

„Na, alles klar, Alter?"

„Ach, du. Du hast mir gerade noch gefehlt!"

„Hey, empfängt man so seinen besten Freund und seine neueste Flamme!" Olaf deutete auf Kathrin, die ein kleines Stück weiter hinten stehen geblieben war.

„Du wirst nicht glauben, was hier eben passiert ist!"
sagte Tilo und schüttelte dabei ununterbrochen seinen
Kopf.

„Wo sind deine Eltern? Am Grill?"

„Weg, sie sind weg. Alle sind weg."

„Was war denn los?"

„Ach was, komm, laß uns erstmal was Trinken. Wir
lassen uns doch davon nicht die Stimmung verderben,
oder?" sagte Tilo ohne weiter auf Olaf einzugehen.

„Du redest in Rätseln! Aber: von mir aus gerne,
vielleicht macht dich das ja gesprächiger. Und Kathrin?
Darf die auch?"

„Kathrin! Na klar!" Tilos Augen begannen wieder zu
leuchten. Er winkte ihr, zu ihnen zu kommen und sich
neben ihn zu setzen. Olaf hatte ein paar Dosen Bier
geholt und jedem eine gereicht.

„Prost denn!" sagte er.

„Prost!" Tilo hob seine Dose zuerst in die Richtung
von Olaf und dann in die von Kathrin.

„Prost?" sagte sie und machte es den beiden nach.

„Was ist denn nun passiert?" wollte Olaf wissen.

„Ach, gar nichts eigentlich. Unwichtig jetzt, ja?"

„Auch gut." Olaf nippte an seiner Dose und
beobachtete Tilo, der sich Kathrin zugewandt hatte und
sich angeregt mit ihr zu unterhalten schien.

„Dann macht man das so", sagte er und streckte
seinen rechten Arm aus. Kathrin tat es ihm gleich. Sie
folgte allen seinen Bewegungen.

„Na, da hast du ja mal ein williges Opfer gefunden!"
dachte Olaf und staunte weiter über seinen Freund.

„Genau und jetzt so", er verschränkte seinen Arm um
ihren. Dann nahm er einen Schluck aus seiner Dose
und drückte Kathrin einen Kuß auf die Wange. Sie
schien das fürchterlich komisch zu finden und tat das
Gleiche. Tilo wiederholte den Vorgang noch mehrere

Male um dann Kathrin einen Kuß direkt auf den Mund zu geben, den sie ohne Widerstand über sich ergehen ließ. Mehr noch, sie wiederholte die ganze Prozedur. Olaf hatte seinen Kopf in die Hände gestützt und war fasziniert von dem, was sich da auf der anderen Seite des Tisches vor ihm abspielte. Wahrscheinlich wäre das noch ewig so weitergegangen, wenn nicht Olaf plötzlich aufgestanden wäre:

„Was riecht denn hier so merkwürdig?" Er schnupperte in alle Richtungen. Tilo löste sich aus seiner Verbrüderung:

„Stimmt, merkwürdig, so, so nach – da!" er streckte seinen Arm in Richtung Grillplatz: Dicke Rauchschwaden stiegen hinter den Büschen auf. „Die Grillsachen!" rief er und sprang auf. Olaf und Kathrin folgten ihm.

Der Grill bot einen fürchterlichen Anblick: alles war schwarz und verkohlt.

„Tja, ausgegrillt!" sagte Olaf.

„Sieh nicht immer alles so schwarz!"

„Es ist schwarz, oder?" Beide mußten lachen. „Komm, laß uns das Zeug wegräumen, vielleicht ist ja doch noch was zu gebrauchen!"

Die beiden machten sich an die Arbeit. Das Tablett war rußgeschwärzt, aber nach dem Abkühlen durchaus wieder verwendbar. Kathrin wurde beauftragt, es am See abzuspülen. Olaf und Tilo hatten neben dem Grill eine Kühltasche entdeckt, in der sich noch einige Würstchen und mehrere Fleischstücke befanden. Da der Biervorrat das Ganze gänzlich unbeschadet überstanden hatte und für mehr als drei Personen ausgelegt war, bestand keine Not an flüssigem Brot und so hatten sie beschlossen, den Tag feucht und fröhlich ausklingen zu lassen. Obwohl Olaf eigentlich nicht danach war im Moment, hatte er doch nachgegeben:

Vielleicht konnte ihn das ja wenigstens für den Moment auf andere Gedanken bringen.

So saßen die drei rund um den Grill und abgesehen davon, daß Tilo und Kathrin die meiste Zeit miteinander beschäftigt waren, war es ein wirklich netter Abend. Irgendwann mußte Kathrin gehen und Tilo wollte sie natürlich noch ein Stück begleiten.

„Geh´ nur!" sagte Olaf, „kein Problem, ich warte hier bis du wiederkommst. Habe nichts weiter vor."

Olaf sah Tilo und Kathrin nach, wie sie Arm in Arm den Weg in Richtung der Hütten einschlugen. Schließlich waren sie zwischen den Bäumen verschwunden.

„Pschschsch! Duu weck sie auff!"

„Pschsch! Ga- ganz leische!" Conny und Karin hatten die Tür zu ihrem Schlafraum mit einem lauten Knall geöffnet und standen nun nebeneinander in der Tür. Sie machten den Eindruck, einen flüssigkeitsgetränkten Abend hinter sich zu haben.

„Schläft sie?", lallte Conny.

„Isch, isch kann nichs sehn, bin schu klein!" Karin versuchte, sich auf die Zehenspitzen zu stellen, verlor das Gleichgewicht und kippte nach hinten weg. Es gab einen dumpfen Ton, als sie wie ein Mehlsack auf dem Hüttenboden aufschlug. „Au, dasch tut weh! Hilf mir hoch, ja?" Sie streckte Conny ihre Arme entgegen.

„Klare Sache, klar", Conny beugte ihren Oberkörper vor und griff nach Karins Armen. Dann zog sie an Karin und Karin zog gleichzeitig an Conny. Das führte dazu, daß auch Conny das Gleichgewicht verlor und auf Karin landete.

„Was macht ihr denn da für ein Getöse?" Man sah

Petras Kopf oben über ihrem Bettbrett auftauchen. „Ach so, ich wollte euch nicht stören!" sagte sie, als sie die beiden so übereinander am Boden liegen sah.

„Nischt, wasch duuu den-kst!" Conny versuchte, sich an dem Brett neben ihr nach oben zu ziehen, was ihr nach einiger Mühe auch fast gelungen wäre, wenn Karin sie nicht im falschen Moment am Bein gefaßt hätte. Conny fiel in Karins Bett und Karin krabbelte auf allen vieren hinterher.

„Wo wart ihr denn?"

„Klasse Fete, klasse, echt! Mussen wi- wir a zählen, mussen wir, ooda Karin?"

„Klar, isch auch, isch auch!" Karin kuschelte sich an Conny und kurz danach war nur noch ihr tiefer und gleichmäßiger Atem zu hören.

„Verträgt nix, die Kleine, nix! Also, dasch wa so…" begann Conny.

„Wie war was, Conny? Con-ny?" Petra sah nach unten: Die beiden lagen ineinander verschlungen auf Karins Bett und schnarchten um die Wette. „Danke, mein Abend war auch sehr schön. Nein, nein, ich war nicht weg. Nein, ich war hier. Ja, ganz alleine. Natürlich alleine, was denkt ihr denn! Nein, gelangweilt habe ich mich nicht. Was? Nein, das wäre heute nichts für mich gewesen Alkohol und so. Macht euch keine Gedanken, es geht mir gut. Warum sollte es mir auch nicht gut gehen? Warum nicht? Ich glaube, ich habe mich unsterblich verliebt und ich weiß absolut nicht, was ich machen soll. Dieser Olaf ist so, so anders. Versteht ihr? Nicht so, wie euer Typ und die anderen. Ich weiß nicht, was ich ihm sagen soll. Soll ich ihm überhaupt was sagen? Was, wenn ich ihm gar nicht gefalle? Ich weiß, so schlecht sehe ich auch nicht aus, bis auf ein paar Teile eben", sie sah an sich herunter, „nett, daß ihr nicht widersprecht. Was meint ihr: Soll ich es ihm sagen?

Hmm, interessant, ich werde drüber nachdenken. Danke, daß ihr mir so aufmerksam zugehört habt. Ist doch toll, so gute Freundinnen zu haben, die immer ein offenes Ohr für einen haben." Petra verschwand so tief es ging in ihrem Schlafsack, um so wenig wie möglich von den Atemgeräuschen ihrer Zimmergenossinnen zu hören.

Neuntes Kapitel

Der Morgen schickte die Sonne, um die Welt mit Hilfe ihrer Strahlen zu wecken. Olaf hatte eine sehr unruhige Nacht hinter sich. Viele Träume hatten ihn geplagt. Wieder und wieder war er aus dem Schlaf geschreckt. Aber er konnte sich nicht mehr an den Inhalt erinnern. Nur jener eine Traum vom gestrigen Nachmittag hatte sich ganz fest in sein Hirn gebrannt. Er wurde ihn nicht mehr los. Der Abend war ganz gemütlich zu Ende gegangen. Nachdem Tilo an den Grillplatz zurück gekehrt war, hatten sie noch ein paar Biere vernichtet und Tilo hatte ihm von den seltsamen Ereignissen am Grillplatz erzählt. Beide wußten sich keinen Reim darauf zu machen. Olaf war nahe daran, Tilo von Petra zu erzählen, aber irgendetwas hatte ihn im letzten Moment davon abgehalten. Jetzt war er froh darüber, sich so entschieden zu haben.

„Na, wach?" Tilos grinsende Fratze war im Zelteingang erschienen.
„Seit wann bist du denn auf?"

„Ach, ganze Weile schon!"

„Brauchst du denn überhaupt keinen Schlaf? Bist du ein Vampir oder sowas?"

„Nee, Vampire mögen das Tageslicht nicht, Alter!"

„Dann bin ich wohl einer!" knurrte Olaf und schloß seine Augen wieder.

„Das Frühstück wartet!"

Olaf öffnete die Augen und richtete sich auf: „Warst du bei deinen Eltern? Und, was sagen sie zu gestern?"

„Nö, war ich noch nicht. Hatte Wichtigeres zu tun." Tilo legte die eine Hand an seinen Hals. Jetzt bemerkte Olaf, daß er ein Halstuch trug.

„Ach nee! Laß mich raten", sagte er und deutete auf das Tuch.

„Nicht, was du denkst…"

„Dann mach es ab, los!"

„Nein!"

„Keine Widerrede!" Olaf war mit einem Satz aufgesprungen und zog den verdutzten Tilo ins Zelt. Dann versuchte er, ihm das Tuch vom Hals zu reißen.

„Hör auf, bitte", Tilo strampelte mit allem, was er hatte.

„Dann gib es zu!"

„Ja, ja, gut. Ich geb´s ja zu."

„Na also, warum denn nicht gleich. Ist doch nichts dabei!"

„Das sagst du so! Du kennst meine Eltern nicht!"

„Wie? Die machen doch einen ganz vernünftigen Eindruck in solchen Dingen. Vor allem dein Vater."

„Das scheint nur so. So lange da nichts ist, du verstehst?" Olaf nickte. „Aber, wenn die sowas sehen", Tilo faßte wieder an das Halstuch, „dann gibt es Fragen über Fragen!"

„Wo wir gerade bei Fragen sind: Was machen wir nun wegen gestern?"

„Na, wir fragen sie, denke ich."

„Einfach so?"

„Nein, ein bißchen Feingefühl braucht man da schon!"

„Na, da bist du ja genau der Richtige!" Olaf suchte seine Sachen zusammen und fing an, sich ausgehfertig zu machen.

„Ihr seid ja noch nicht fertig!" Olaf und Tilo schauten wie vom Blitz getroffen zum Zelteingang. Sie blickten in Dieters Gesicht. „Nun macht mal hinne! Ist ja nicht zum Aushalten mit euch! Das wird sich ändern, glaubt mir! Hier wird sich so Einiges ändern ab heute!" Damit verschwand das Gesicht und man hörte, wie Dieter sich rasch entfernte.

„Was war das denn eben?" Olaf schaute Tilo ungläubig an.

„Das? Das war mein verständiger Vater. Möchte nicht wissen, was da gestern vorgefallen ist!"

„Na, das kann ja ein schöner Tag werden. Meinst du, er hat das Ernst gemeint?"

„Ich fürchte, hat er."

„Na, prost Mahlzeit denn!"

„Laß uns schnell machen, damit er nicht noch saurer wird!"

„Hat dein Vater dich eigentlich schon mal verprügelt?"

„Jau. Wenn ich was angestellt hatte, schon."

„Und andere, verprügelt er auch andere? Zum Beispiel deine Freunde?"

„Nee, da kann ich dich beruhigen. Das tut er nicht. Bisher jedenfalls. Aber vielleicht macht er da bei dir eine Ausnahme, wenn ich ihn ganz lieb darum bitte!" feixte Tilo.

„Na dann, komm, gehen wir nach Canossa!"

„Hä? Ich denke, wir wollen zu meinen Eltern jetzt?"

„Canossa! Du weißt doch, was Canossa ist?"

„Nee, der Platzwart von der Älvdalen vielleicht?"

„Tilo, du erschreckst mich, ehrlich!" Olaf war fassungslos: Über jedes Ziel dieser Reise konnte Tilo ihm einen endlosen Vortrag halten. Er wußte so viel über die einzelnen Kirchen, Parks, Schlösser und anderen aufregenden Dinge, die es hier gab, daß Olaf sich immer wieder fragte, wie er das alles in sein Gehirn bekam. Und dann gab es da so einfache Dinge, von der wirklich die letzte geistige Flachbirne gehört hatte und dann – nichts! „Wahrscheinlich, weil es nicht auf der Route liegt! Das wird es sein!" sagte Olaf und trottete hinter Tilo den kleinen Weg nach Canossa entlang.

„Na endlich. Wird aber auch Zeit. Ist ja schon alles kalt."

„Danke für die freundliche Begrüßung, Paps!"

„Nu werd´ nicht noch frech, Freundchen! Ich kann auch anders!" Dieter schnaubte wie eine Lokomotive.

„Dieter! Es ist gut jetzt!"

„Du kannst auch nicht ruhig schlafen, wenn du nicht zu allem deinen Senf dazu geben kannst!" Er sah seine Frau böse an. Marlies Augen waren noch immer gerötet. Sie mußte sehr viel geweint haben in der letzten Nacht.

„Das ist ja wohl nicht meine Schuld!" sagte Marlies und eine erste Träne löste sich aus ihrem rechten Auge.

„Geht das schon wieder los! Meine etwa?" Dieter schnaufte wieder und ließ sich auf seinen Campingstuhl fallen, den er verlassen hatte, als sich Tilo und Olaf genähert hatten. Die beiden hatten sich inzwischen gesetzt: Olaf saß gegenüber von Dieter, rechts von ihm Marlies und an seiner linken war Tilos Platz.

„Du weißt, wie ich darüber denke!" sagte Marlies

trocken.

„Ja, das hast du ja deutlich kund getan. Sehr deutlich. Wie eine Furie hast du dich verhalten. Peinlich. Richtig peinlich war das!"

„Was? Ich? Nein, mein Lieber, du weißt gar nicht, wie peinlich du dich verhalten hast mit diesen, diesen Schlampen!"

Tilo und Olaf horchten auf: Es schien sich um Conny und Karin zu handeln. Tilo beschloß, die Gelegenheit zu nutzen, um etwas Genaueres über die Ereignisse des letzten Abends zu erfahren:

„Warum sind denn Conny und Karin gestern so plötzlich gegangen?" fragte er scheinheilig. Zu spät merkte er, daß er seine Frage lieber für sich hätte behalten sollen:

„Warum? Das fragst **du**?" brüllte sein Vater, „das schlägt dem Faß ja wohl den Boden aus!"

„Dieter, bitte! Nimm dich wenigstens vor den Kindern zusammen!"

„Den Kindern? Dein Sohn ist fast erwachsen. Es wird Zeit, daß er mal sieht, wie das wirkliche Leben abläuft!"

„Das lernt er noch früh genug – und außerdem ist es auch dein Sohn!"

„Ach ja? Auf einmal! Immer, wie es dir paßt!"

„Das gehört jetzt wirklich nicht hierher!"

„Na gut, dann eben unser Sohn! Unser Sohn also schleppt hier einfach irgendwelche jungen Dinger an und dann…"

„Was dann, Dieter? Willst du ihm die Schuld für dein dämliches Verhalten geben?"

„Mein Verhalten war nicht dämlich! In keiner Weise. Ich war nur freundlich, väterlich freundlich!"

„Ich weiß nicht, was dein Sohn von dir halten würde, wenn du dich ihm gegenüber genauso väterlich freundlich verhalten würdest!"

„Das, das ist ja nun was ganz anderes, das hat hiermit überhaupt nicht das Geringste zu tun!" Tilos Vater schnaufte immer mehr und Olaf befürchtete, daß er jeden Moment einen Herzschlag bekommen könnte und vorneüber auf den Tisch vor ihn kippen würde.

„Das sagst du immer, wenn **dir** etwas nicht paßt! Genauso, wie es deine Mutter gesagt hat! Sie hat mich ja gleich gewarnt. Hätte ich mal auf sie gehört damals!"

„Laß meine Mutter aus dem Spiel, ja!"

„Du hast damit angefangen, die Familie ins Spiel zu bringen!" sie deutete auf Tilo, „außerdem haben wir einen Gast, vergiß das bitte nicht!"

Dieter unterbrach seinen Wortschwall für einen Augenblick. Er schaute seine Frau an, dann seinen Sohn, dann Olaf, dann wieder seine Frau. „Na gut, von mir aus: Verzieht euch!" Er schüttelte seine Hände in Richtung von Olaf und Tilo. „Na los, weg mit euch und kommt mir heute am besten nicht mehr unter die Augen!"

„Dieter!" Marlies liefen die Tränen nun wieder über das ganze Gesicht.

„Wir, wir gehen dann mal, ja?" sagte Tilo fast tonlos. Ohne eine Antwort abzuwarten entfernten er und Olaf sich so schnell sie konnten vom Wohnmobil. Noch ein ganzes Stück weiter war Dieters Stimme zu hören, wenn man auch nicht verstehen konnte, was er alles aus sich herausbrüllte.

„Und was machen wir jetzt?" keuchte Tilo. Die beiden hatten die kleine Straße erreicht, die den Wald von dem Areal mit den Gruppenhütten trennte. Sie waren stehen geblieben. Tilo hatte seine Hände auf seine Oberschenkel gelegt und seinen Oberkörper gebeugt. Er röchelte, als wenn er gerade einen Marathon in neuer Rekordzeit gelaufen wäre.

„Wir werden in den Wald gehen. Von Beeren und Moos leben und irgendwann wird man unsere Überreste finden. Man wird feststellen, daß wir jämmerlich verhungert sind."

„Deine Phantasie möchte ich haben", japste Tilo.

„Oh, ich denke, die hast du!" sagte Olaf und sah seinen Freund mit einem merkwürdigen Blick von der Seite an.

„Ich weiß zwar nicht, wie du das wieder meinst, aber wir bekommen bestimmt was zu Essen. Dafür wird meine Mutter schon sorgen. Kannst dich drauf verlassen!"

„Na gut, dann verhungern wir eben nicht elend und einsam im Wald und ich muß mich nicht noch von deinen Überresten am Leben erhalten, bevor es auch mit mir zu Ende ist!"

„Du kannst so richtig widerlich sein, ehrlich!" sagte Tilo und mußte dabei grinsen, „wer sagt eigentlich, daß du von meinen und nicht ich von deinen Überresten leben muß?"

„Na, das ergibt sich doch wohl von selbst, oder?" sagte Olaf und spielte mit seinen nur spärlich vorhandenen Armmuskeln.

„Auch gut. Lange kann man von dir sowieso nicht leben, Alter! Vielleicht sollten wir diese Conny mitnehmen, dann kann gar nichts schief gehen!"

„Die Conny? Na, so viel ist an der ja nun auch nicht dran, außer…" er deutete auf seine Brust.

„Nicht die, die andere!"

„Welche andere?"

„Stimmt ja, die kennst du ja noch gar nicht. Durch sie habe ich Kathrin kennen gelernt. Vielleicht zeige ich sie dir mal. Unser Überleben wäre langfristig gesichert. Du wirst staunen!"

„So schlimm?"

„Schlimmer!"

„Was ist eigentlich mit deiner Kathrin? Auch vorbei?"

„Nein, was denkst du! Ich habe sie doch gestern begleitet, du erinnerst dich?"

„Deswegen frage ich ja…"

„Danke, Freund! Nee, alles in Butter! Wir wollten uns später treffen heute. Die machen eine Wanderung oder so. Aber, ich könnte ja mal schauen. Was meinst du: Wenn ich mich da einklinke vielleicht?"

„Tu, was du nicht lassen kannst!"

„Und was machst du?"

„Ich? Ja, was mache ich. Ach, vielleicht probiere ich mal mein Geschenk aus!"

„Dein Geschenk?"

„Na, die Angel."

„Du willst angeln?"

„Warum denn nicht, du hast doch auch schon geangelt, oder?"

„Klar, ich schon", Tilo pumpte seine Brust auf, „das ist aber doch was anderes. Angeln, daß kann man nicht einfach so, das muß man lernen!"

„Ich versuch´s trotzdem, denke ich. Was soll passieren?"

„Na denn: Petri heil!"

„Petri?"

„Mensch, Olaf: Petri heil, das sagt man zu Anglern. O je, ich glaube, du mußt ganz vorne anfangen. Nimm dir lieber deine Förmchen und spiele im Sand. Wenn ich nachher komme, zeige ich dir das Wichtigste!"

„Zieh´ ab, solange du noch kannst!" rief Olaf Tilo hinterher, der den Rest seines Satzes schon im Davonrennen gerufen hatte. „Spiel mit deinen Förmchen! Du paß lieber auf, daß da nichts schief geht, wenn du mit deinen Förmchen spielst!" dachte Olaf und machte sich auf den Weg, sein Angelzeug zu holen.

„Was soll das denn werden?"

Olaf saß auf einem Stein in der Nähe des Holzsteges und hatte seine Angelsachen vor sich ausgebreitet. Er schaute auf:

„Petra!" ein Lächeln glitt über sein Gesicht, „was machst du denn hier?"

„Ach, die anderen machen eine Wanderung – mit den Engländern. Ich hatte keine Lust dazu."

„Mit den Engländern?" Olaf mußte grinsen.

„Was ist daran so lustig?"

„Ach, nichts, ich dachte nur gerade an jemanden. Aber, setz dich doch, hier!" Olaf zeigte auf einen Stein neben sich. Petra folgte seiner Einladung.

„Und, du angelst wohl viel?"

„Ich, klar", Olaf schaute auf die Schnur in seiner Hand und die ganzen kleinen bunten Federteile und Haken und Metallgewichte vor ihm: „ehrlich gesagt, habe ich noch nie geangelt!"

„Das sieht man!" Petra lächelte ihn an.

„Woran?"

„Woran?" sie mußte lachen und zeigte auf ihn und das Angelzeug, „daran!" Jetzt mußte auch Olaf lachen:

„Ja, sieht schlimm aus, nicht? Ich habe keine Ahnung, was wohin kommt – da wird Tilo wieder einer abgehen!"

„Wer ist Tilo?" Petras Gesichtsausdruck hatte sich verändert. Ein Verdacht begann, sich in ihr zu formen.

„Tilo?" Olaf hatte die Veränderung in Petras Gesicht bemerkt, „Tilo, der zeltet da oben. Wir machen viel zusammen, aber manchmal eben, na ja!"

„Kann ich verstehen. Karin und Conny können einen auch ganz schön nerven!"

„Ja, wo sind die übrigens?"

„Eigentlich wollten sie wandern. Die haben da gestern Abend ein paar Engländer aufgerissen. Die waren hackevoll, als sie zurück gekommen sind!"

„Sonst haben sie nichts erzählt von gestern?"

„Nein, nichts. Wieso?"

„Ach, nur so" sagte Olaf und zuppelte weiter an der Angelschnur rum.

„Komm, gib mal her!" sagte Petra, „das kann man ja gar nicht mehr mit ansehen. Paß auf!" Sie nahm die Schnur und die Angel und nach ein paar Minuten sagte sie: „Fertig. Da!" Sie hielt Olaf die Angel hin.

„Wauw!" Olafs Mund stand offen. Er nickte Petra anerkennend zu: „Wo hast du das denn gelernt?"

„Da staunst du was! Mädchen können eben mehr, als nur mit Puppen spielen und gut aussehen!" sie nahm Olaf die Angel wieder aus den Händen: „Jetzt komm, wir wollen es versuchen!" Olaf sah sie fragend an. „Na, angeln. Oder wolltest du nicht mehr?"

„Doch, natürlich" Olaf sprang auf und folgte Petra auf den Steg. Am Ende blieb sie stehen:

„So, jetzt schau her – Du löst den Schnurlauf, hier – dann hältst du die Schnur mit einem Finger fest, damit sie sich nicht abrollt. So. Jetzt die Angel nach hinten schräg neben den Körper und…" sie ließ die Rute mit einem Schwung nach vorne schnellen „…mit Schwung nach vorne und die Schnur laufen lassen!"

„Wauw!" sagte Olaf wieder, als der Köder weit draußen in den Fluten des Sees verschwand.

„Jetzt du!"

„Ich?"

„Du willst es doch lernen, oder?"

„Ja, schon, aber…"

„Kein Aber!" Petra holte die Schnur ein und gab Olaf die Angel. Er war so nervös, daß es Ewigkeiten dauerte, bis er die Angel das erste Mal ausgeworfen hatte. Es folgten noch eine Reihe weiterer Versuche, bis es ihm schließlich so leidlich gelang. Gut, er hätte vielleicht den einen oder anderen Versuch weniger gebraucht, aber dieses Gefühl, Petra ganz dicht neben sich zu haben und zu spüren, wie sie seine Hände und Finger an die richtigen Stellen der Angel schob. Immer und immer wieder. Wie sich ihr Körper an seinen schmiegte, wenn er zum Wurf ausholte, das waren Momente, die ewig hätten dauern können. Schließlich war Petra zufrieden. Sie nahm die Angel und legte sie auf den Steg.

„Das war´s?" sagte Olaf.

„Du bist wirklich ein Witzbold!" Petra schüttelte den Kopf: „Jetzt geht es erst los. Jetzt heißt es warten, warten, warten!"

„Warten? Worauf warten?" Olaf schaute zum Ufer, aber er konnte dort niemanden entdecken.

„Auf das Christkind!" sagte sie und ließ sich auf den Steg nieder.

„Ach so!" Der Groschen bei Olaf war gefallen. Natürlich, sie wollten angeln und Angler haben ein Ziel: Fische zu fangen. Er kam sich reichlich bescheuert vor. Die Nähe dieses Mädchens verwirrte ihn immer mehr. Er setzte sich neben Petra.

„Schön hier, oder?" sagte sie.

„Ja, jetzt schon!"

„Jetzt?" Petra sah ihn wieder mit diesem besonderen Blick an, den er nicht beschreiben konnte und der ihn dahin schmelzen und alles um ihn herum vergessen ließ.

„Ich meine…" sagte er und näherte sein Gesicht langsam dem von Petra. Die hatte die Augen geschlossen und ihre Lippen gespitzt und leicht geöffnet, „…hier mit…"

Weiter kam er nicht. Er spürte einen Schlag gegen den Arm und öffnete die Augen: Seine Angel sauste zwischen den beiden durch und verschwand über den Rand des Steges.

„Was?"

„Du hast einen gefangen!"

„Und jetzt?"

„Wir müssen an die Angel, schnell!" Petra ließ sich vom Steg ins Wasser gleiten. Olaf zögerte einen Moment, dann riß er sich sein T-Shirt vom Leib und sprang kopfüber der Angel hinterher.

Es war keine leichte Sache, aber zehn Minuten später lagen die beiden im Sand des Strandes. Völlig durchnäßt, aber sehr zufrieden:

„Das ist ein ganz schöner Brocken, oder?" Olaf hielt das Schnurende nach oben, an dem ein ziemlich stattlicher Fisch hing.

„Ja, ganz schön!"

„Was ist das für einer?"

„Sieht aus wie eine Forelle. Ja, Forelle, wahrscheinlich. Nee, sicher: Forelle."

„Gut, also Forelle. Und wir haben sie erwischt. Unser erster Fisch!" sagte Olaf strahlend, „kann man den essen?"

„Klar kann man."

„Wollen wir? Ich habe heute noch nichts bekommen!"

„Grillen?"

„Grillen ist gut!" Olaf wollte losstürmen.

„Wo willst du denn hin?"

„Na, zum Grill!"

„Langsam, langsam. Erstmal müssen wir ihn töten."

„Wie, töten?"

„Na, erschlagen eben."

„Erschlagen." Olaf mußte schlucken. Natürlich mußte der Fisch getötet werden. Ebenso, wie Hühner, Schafe,

Schweine. Als normaler Mensch wußte man das, aber man hatte nichts damit zu tun. Jetzt sollte er selber ein Lebewesen ermorden. Er zögerte.

„Hier, nimm das!" Petra hielt ihm einen Holzscheit hin, der einem anderen Gast wahrscheinlich einmal als Brennholz hatte dienen sollen, „da, gleich hier. Kurz und kräftig zuschlagen!"

Olaf nahm das Holzstück, drückte den Fisch auf einen Stein und holte aus: „So?"

„Na ja, du sollst ihn nicht streicheln!" Petra nahm Olaf das Holzstück ab: „So! Siehst du?" Petra hatte einmal kurz den Arm gehoben und mit einem Schlag war die Arbeit getan. Der Fisch zuckte noch kurz, dann war es vorbei. Olaf bekam immer mehr Respekt vor Petra. „Hast du alles, was wir zum Grillen brauchen?"

„Ja, oben, da!" Olaf zeigte in die Richtung, in der das Zelt stand.

„Aber ich glaube, vorher muß ich mir was Trockenes anziehen."

„Ich kann dir was borgen", kam es wie aus der Pistole geschossen aus Olafs Mund.

„Ehrlich?"

„Natürlich. Außerdem habe ich ja noch deinen Bademantel, wenn du dich erinnerst?" Olaf schaute Petra direkt ins Gesicht und er sah wieder diesen seltsamen Ausdruck darin, der ihn so faszinierte.

„Geh vor!" sagte sie kurz.

„Du zeltest? Und das ist dein Zelt?" Petra wirkte überrascht.

„Ja, wieso?"

„Dann ist dieser Tilo doch dein Tilo!" sie sah Olaf an und er wußte, daß sie auf eine Erklärung wartete.

„Ja, ist er: Der Schwule, der kein Schwuler ist. Genau der."

„Warum hast du das nie erwähnt?"

„Du hast nie gefragt."

„Und vorhin?"

„Es war mir unangenehm, daß du es weißt. Wegen neulich, hier vor dem Zelt und..."

„Hast du das alles mit gehört?"

„Ja, ich war drin. Ich, ich wollte einfach nicht..." Olaf druckste herum.

„Was wolltest du nicht?"

„Das Du, ihr einen falschen Eindruck von mir bekommt. Erst die Sache im Supermarkt und dann Tilo mit seiner plumpen Anmache. Das war mir einfach zu viel. Und dann lief es eben irgendwie so weiter." Er zuckte mit den Schultern.

„Weiß er, daß du uns kennst?"

„Nee!" Olaf grinste jetzt wieder, „der denkt noch immer, daß ihr aus England seid und kein Wort deutsch versteht!"

„Das ist ja richtig hinterhältig von dir!" sagte Petra und gab Olaf einen kleinen Stoß gegen die Schulter.

„Ist es gar nicht", erwiderte Olaf und stupste Petra gegen ihre Schulter.

„Doch!" wieder ein Stupser.

„Nein!" noch einer. Inzwischen standen sie wieder so nah beieinander, daß man keine zwei Sprotten zwischen sie bekommen hätte.

„Doch!" sagte Petra und dann war ihr Mund so nah an dem von Olaf, daß er nur noch seine Lippen öffnen konnte, bevor er ihre schon spürte. Das Ganze dauerte nur den Bruchteil einer Sekunde. Petra und Olaf zogen gleichzeitig ihren Kopf zurück und starrten sich an.

„Hey, dich darf man aber auch keine Sekunde aus den Augen lassen, Alter!"

Die Köpfe von Petra und Olaf schossen herum:

„Tilo!" riefen sie beide gleichzeitig.

„Ja, der gute alte Tilo. Willst du mich nicht vorstellen?"

„Das hast du doch schon alleine getan!" grummelte Olaf.

„Jau. Also: Ich bin Tilo, der Mitbewohner hier", sagte Tilo, der inzwischen die beiden erreicht hatte, „und der beste Freund von dem da", er zeigte auf Olaf, „wir teilen alles!"

„Genau! Und als erstes dich: In vier Teile! Wenn du nicht gleich verschwindest!"

„Du bist vielleicht was empfindlich auf einmal! Oh, was ist das denn?" Tilo hatte den Eimer mit dem Fisch entdeckt.

„Wonach sieht es denn aus?"

„Nach einem Fisch. Hast du den etwa gefangen?"

„Wer sonst; du warst ja nicht da!"

„Na, ohne meine Angel…"

„Deine Angel?"

„Ach ja, du hast ja jetzt auch eine. Möchte nicht wissen, wie du den gefangen hast. Ist wahrscheinlich an Altersschwäche eingegangen – oder, er hat dich gesehen und der Schock hat ihm den Atem genommen!"

„Charmant, dein Freund!"

„Ja, nicht?" Olaf machte Tilo Zeichen, endlich zu verschwinden. Der dachte jedoch überhaupt nicht daran: erstens dachte er an den Fisch und an seinen leeren Magen und zweitens gefielen ihm auch die anderen Dinge, die er so durch das nasse T-Shirt von Petra sah. Der Fisch war eigentlich nur Nebensache.

„Und, was wird damit?" Er zeigte auf den Fisch, starrte aber weiterhin auf Petras T-Shirt.

„Darum kümmere ich mich", sagte Olaf und fügte bekräftigend hinzu: „um das andere auch!"

„Du hast doch keinerlei Erfahrung mit solchen Dingen, Alter – mit keinem davon!" Tilo grinste überlegen.

„Mag sein. Gut, dann kannst du dich um den Fisch kümmern, wenn du unbedingt willst – damit genug geteilt, verstanden?"

„Ist ja gut. Ich geh ja schon. Ihr könnt die Dinger, äh, das Ding da", er zeigte auf den Fisch, „zum Grillplatz bringen. Ich hol´ schnell Kathrin und bereite schon mal alles vor. Aber, laßt euch nicht zu lange Zeit!" Tilo zwinkerte Olaf zu und machte sich davon.

Olaf hob seinen linken Arm und ließ den Mittelfinger langsam in die Höhe wachsen.

„Was war das denn eben?" Petra sah Olaf fragend an.

„Nichts, Pit, gar nichts."

„Ob er mich erkannt hat?" sagte sie zögernd.

„Ist eigentlich egal. Hat er aber nicht!"

„Was macht dich da so sicher."

„Ich kenne ihn eben."

„Und, das heißt?"

„Das heißt, daß er dich bestimmt nicht erkannt hat."

„Aber", Petra ließ nicht locker, „er hat mich doch fast die ganze Zeit angestarrt!"

„Eben, deshalb!"

„Das verstehe ich nicht!"

„Ja, schon", Olaf trat von einem Fuß auf den anderen, „aber nicht wirklich dich, eher…"

„Eher was?"

„Na, das", sein Blick senkte sich und fixierte jetzt Petras Oberkörper.

Petra blickte an sich herunter: „Was soll da sein? Oh!" sagte sie und hielt sich die Hand vor den Mund.

„Weißt du jetzt, was ich meine?" Olaf versuchte, nicht zu sehr auf Petras Brüste zu starren, die sich durch das nasse T-Shirt ganz deutlich mit allem was dazu gehörte abzeichneten.

„Du meinst?"

„Natürlich, was sonst!"

„Warum natürlich?"

„Na, weil – wer, wer kann denn da schon woanders hinsehen!" Olaf schaute verlegen nach unten.

„Na du!" sagte sie, leicht errötend.

„Nein, so ist das nicht, ehrlich!" beeilte sich Olaf zu sagen.

„Vergiß es. Meinst du, ich kann das nasse Zeug trotzdem wechseln? Ist ganz schön unangenehm auf die Dauer."

„Na klar, wenn dir das nicht zu einfach ist!" er zeigte auf das Zelt.

„Keine Spur."

„Dann bitte", sagte Olaf und hielt das Fliegennetz zur Seite.

Petra kroch in das Innere des Zeltes und Olaf folgte ihr. „Ganz schön eng", sagte sie, „aber irgendwie kuschelig!"

„Findest du?" Olaf wirkte überrascht, „hier, das müßte gehen", sagte er und reichte ihr ein kariertes Hemd. „Und das noch, denke ich!" Er warf ihr eine graue Jogginghose zu, die nicht erst gestern ihren Platz im Laden verlassen hatte.

„Die?" Petras Stimme drückte nicht nur leichtes Mißfallen aus.

„Klar, die paßt. Die ist weit genug!"

„Weit genug?" jetzt klang Petra entrüstet, „soll das etwa bedeuten, ich bin zu dick?"

„Nein, quatsch!" Olaf hätte sich ohrfeigen können für seinen dummen Ausspruch. Selbst er wußte, daß es problematisch war, Mädchen auf ihr Gewicht anzusprechen. „So habe ich das nicht gemeint. Ich meinte nur, daß in so eine Hose jeder paßt."

„Jeder? Ich bin also jeder!" Olafs Worte hatten die erhoffte Wirkung bei Petra verfehlt.

„Du bist nicht jeder – du bist, eben du."

„Und zu dick!" sagte Petra und zog einen Schmollmund.

„Nein, du bist genau richtig. Alles an dir ist genau richtig!" beeilte sich Olaf zu sagen. Obwohl er es genauso meinte, klang es etwas unbeholfen und gekünstelt. Er war nervös. Sehr nervös. Petra hatte inzwischen ihr T-Shirt ausgezogen und kniete keine fünfzig Zentimeter mit nacktem Oberkörper vor ihm.

„Und woher willst du das wissen – das ich genau richtig bin?" sagte sie provozierend.

„Ich weiß es. Hast du vergessen, daß ich das alles schon mal gesehen habe, so ohne alles?" Olaf schaute wieder nach unten. Die ganze Situation war ihm unangenehm. Er wußte nicht, wie er sich verhalten sollte. Mit jedem Satz, den er zu seiner Entschuldigung hervorbrachte, schien er alles nur noch schlimmer für ihn zu machen. Petra mußte ihn für einen kompletten Trottel halten.

„Upps!" sagte Petra und wenn es im Innern des Zeltes durch dessen Farbe nicht sowieso ein leicht rötliches Licht gegeben hätte, hätte man gesehen, daß ihr Gesicht noch etwas röter geworden war, „das hatte ich ganz vergessen!"

„Ich nicht!" Olafs Gesichtsfarbe paßte sich der von Petra an, „wie könnte ich das vergessen!"

„War es so schrecklich?"

„Schrecklich?" Olaf wagte es nicht, Petra anzusehen: „Es ist das Schönste, was ich je gesehen habe!" dachte er und schwieg.

„Es war nicht schrecklich?" Olaf schüttelte seinen Kopf. „Und das", sie richtete ihren Oberkörper auf und hob sein Kinn mit einer Hand an: „das hat dir wirklich gefallen?"

Olaf schluckte. Er konnte den Blick nicht von ihr lassen. Seine Augen gaben die Antwort. Petra zog seinen Kopf langsam an ihren Oberkörper. Er spürte ihre weiche Haut, er spürte die Spitzen ihrer Brüste. Er schloß die Augen und alles in ihm begann, sich zu drehen.

„Wenn du willst?" Olaf spürte, wie Petra seine rechte Hand zu ihrem Körper führte. Jetzt spürte er die Knöpfe ihrer Jeans an seinen Fingern. „Es ist in Ordnung!" hörte er sie sagen.

„Nein!" Olaf zog seinen Kopf zurück und ließ sich dann in eine Ecke des Zeltes fallen: „Nicht jetzt. Nicht hier. Bitte." Sein Blick drückte Entsetzen und Hilflosigkeit zugleich aus. „Ich, ich warte draußen! Laß dir Zeit!" murmelte er und stolperte aus dem Zelt.

Petra sah ihm mit feuchten Augen hinterher. „Danke", flüsterte sie und legte den Rest ihrer nassen Sachen ab.

„Idiot! Idiot!" Olaf lief vor dem Zelt hin und her und schlug sich immer wieder mit der flachen Hand gegen die Stirn. „Du bist ein Vollidiot! Tilo hat ganz recht damit. Nicht jetzt! Nicht hier! Wann denn? Wo denn? Du bist so blöde! Das war die Gelegenheit, die Gelegenheit. Die kommt nie wieder, nie wieder. Und du, was machst du?"

„Ich nehm jetzt den Eimer mit dem Fisch und dann auf zum Grillplatz, oder?" Olaf blieb stehen. Er hatte überhaupt nicht bemerkt, daß Petra das Zelt verlassen hatte. Er starrte sie an.

„Was ist? Seh´ ich so schlimm aus?"

„Du?" Olaf versuchte, seine Gedanken zu sammeln und das, was eben passiert war, für den Augenblick zu vergessen, „ehrlich?"

„Ganz ehrlich!" Petra stellte sich in Position. Sie trug die alte, graue Hose und das viel zu große, karierte Hemd. Wenn man nicht gewußt hätte, daß sie ein Mädchen ist, hätte man sie für einen kleinen, kräftigen Jungen mit längeren Haaren halten können.

„Wenn ich einen Bruder hätte, sähe der vielleicht so aus!" sagte Olaf.

„Danke, sehr aufbauend. Findest du mich jetzt nicht mehr attraktiv, wo ich dein Bruder sein könnte?"

„Da ich weiß, welcher Kern unter der Schale ist, wäre ich der Inzucht nicht abgeneigt!" sagte er und lächelte.

„Und was ist darunter?"

„Ein freches, kleines Ding, dem nur noch eine Sache fehlt! Warte!" Er verschwand unter dem Vorzelt und tauchte einen Moment später mit einem blauen Basecap auf, das er Petra falschrum auf den Kopf drückte: „So! Jetzt bist du komplett!"

Zehntes Kapitel

„Das wird aber auch Zeit!" Tilo saß auf einem der Campingstühle seiner Eltern neben dem Grill. An seiner einen Seite stand die große Kühltasche, an seiner anderen stand ein weiterer Campingstuhl, auf dem Kathrin saß. Beide hielten eine geöffnete Dose Falcon Bier in der Hand.

„Du machst nicht den Eindruck, als wenn du uns erwartet hättest!"

„Man wird ja wohl mal eine verdiente Pause machen

dürfen? Schließlich habe ich schon alles vorbereitet", er deutete auf den Grill, der genauso aussah, wie er am Abend vorher verlassen worden war, „während du scheinbar anderweitig beschäftigt warst!" Er grinste Olaf an, wie man jemanden angrinst, dessen tiefste intimste Geheimnisse man zu kennen glaubt.

„Mach nur deine blöden Witze, wenn es dir hilft!"

„Helfen? Du redest wirr, Alter. So, da jetzt das andere Hauptgericht endlich eingetroffen ist, können wir ja anfangen. Apropos Hauptgericht: Wo ist denn die kleine Stramme mit dem tollen T-Shirt? Und: Was ist das denn?" er deutete auf Petra.

„Ist der immer so?" flüsterte Petra.

„Nein!" flüsterte Olaf zurück, „heute hat er einen seiner guten Tage!" Beide mußten lachen.

„Was ist denn da so lustig? Laßt mich mitlachen!"

„Du würdest es nicht lustig finden, glaube mir!" sagte Olaf „und das ist Peter!" Er gab Petra einen kleinen Knuff. Sie grinste ihn an und sagte kein Wort.

„Peter, von mir aus. Ich will gar nicht wissen, wo der dir zugelaufen ist, aber wir können noch Hilfe gebrauchen. Er kann sich bestimmt nützlich machen!"

„Ich glaube, die Abwesenheit deines Vaters ist dir zu Kopf gestiegen! Peter – nicht Bimbo! Du mußt da irgendetwas verwechseln."

„Blabla, laß lieber mal das Glibbertier rüberwachsen Peter! War doch Peter?" Petra rührte sich keinen Millimeter und verzog keine Mine. „Versteht er uns nicht? Woher hattest du ihn noch gleich? Egal, sag dem kleinen Dicken da neben dir, er soll mir den Fisch geben, damit der Meister sein Werk beginnen…" Der in Tilos Gesicht auftreffende Fisch verschluckte sein Letztes Wort:

„Der kleine Dicke versteht dich ganz gut, du blasiertes Arschloch!"

„Wir wollen uns jetzt nicht streiten, normalerweise…"

„Nun mach´ endlich den Fisch, bevor der verwest ist!" versuchte Olaf, abzulenken.

„Ja, der Fisch. Erst der Fisch – um das andere kümmern wir uns später!" Tilo machte eine Faust mit seiner freien Hand in Petras Richtung. „Ich werde euch mal zeigen, wie ein Profi eine Forelle zubereitet. Sehet zu und staunet!" Damit schob er den Fisch mit einem Stock in den Eimer und ging zum Grill.

„Staunen werden wir bestimmt!" sagte Petra trocken.

„Ich weiß nicht, was in ihn gefahren ist!" Olaf hatte sich dicht neben Petra gestellt, so daß Tilo ihn nicht verstehen konnte.

„Der will seiner Kathrin da", Petra zeigte auf Kathrin, die inzwischen aufgestanden war und ganz dicht hinter Tilo stand, um nur ja nichts von dem zu versäumen, was er da vorführen wollte, „zeigen, was für ein cooler Typ er ist. Sonst nichts."

„Mag sein, deswegen braucht er andere aber nicht runter zu machen!"

„Wieso runter machen?" Petra grinste über ihr ganzes Gesicht: „Ich bin klein und dick!"

„Hatten wir das nicht schon?" Olaf gab ihr einen leichten Klaps auf den Po: „Weiblich! Sehr weiblich!" sagte er und ging zu Tilo, nachdem er Petra einen weiteren Klaps gegeben hatte.

„Was soll ich damit?" Tilo schaute auf das Messer, das Olaf ihm hinhielt.

„Du wolltest doch den Fisch zubereiten?"

„Ja, und?"

„Ich besitze natürlich nicht das Wissen über das der Meister aller Meister der toten Meeresbewohner verfügt, aber: Muß man so ein Ding nicht auch ausnehmen?"

„Klar, muß man das. Aber die sind immer fertig."

„Die, die du im Laden kaufst schon – der kommt aber nicht von da, du erinnerst dich? Vor ein paar Stunden ist der noch quietschfidel durch den Teich da geschwommen!"

„Der hat noch Herz, Leber und das alles – da drin?" Tilo zeigte auf den Eimer mit dem Fisch.

„Jau, mein Alter, im Gegensatz zu dir hat er das alles. Nicht jeder kann ohne Herz leben. Da!" Olaf drückte Tilo das Messer in die Hand. „Und jetzt: Laß uns von dir lernen, Großer Meister! Ich werde mit gebührendem Abstand warten!" sagte er und ging zu Petra zurück, die sich köstlich amüsierte.

Alle sahen Tilo an. Der hatte schon längst begonnen, zu schwitzen. Seine Erfahrungen im Zubereiten von Fischen waren in etwa so groß, wie die im Errichten von Zelten es vor der Reise gewesen waren. Er hielt das Messer wie einen Dolch in der rechten Hand. Mit der linken griff er in den Eimer und holte den Fisch heraus:

„Der ist ja ganz hart!" sagte er und sein Gesicht verzog sich zu einer Art Grimasse.

„Totenstarre heißt das, Tilo, Totenstarre!"

„Totenstarre!" rief Tilo entsetzt und ließ den Fisch auf den Grill fallen, „das ist ja widerlich!"

„Hab´ dich nicht so, was soll denn Kathrin von dir denken?"

„Das, das ist mir eigentlich ganz egal. Ich kann das nicht. Ich kann das nicht." Tilo stand neben dem Grill, noch immer das Messer wie einen Dolch haltend und war nicht fähig, irgendetwas zu tun, außer vor sich hin zu brubbeln.

„Nimm das Ding: Messer rein, aufschlitzen und gut. So schwer kann das doch nicht sein!" Olaf reichte Tilo den Fisch.

Reflexartig griff Tilo zu: „Also, man wirft ihn, weil..., weicher, dann wird er weicher vorher. Dann...", er legte den Fisch auf den Rand des Grills und hob das Messer, um es mit aller Kraft in den Fisch zu rammen.

„Gib´ her!" Petra war mit ein paar schnellen Schritten zu Tilo gegangen und riß ihm das Messer aus der Hand, „bevor du ihn ganz zermanschst! Das kann man ja nicht mehr mit ansehen! Hier, großer Meister", Petra nahm den Fisch, „man nimmt den Fisch in die eine Hand, am besten setzt man sich dazu", sie setzte sich auf den Rand des Grills, „dann setzt man das Messer hier an, so…"

„Iiih! Was ist das denn jetzt wieder?" Tilo deutete auf eine grünliche Masse, die aus der Stelle austrat, an der Petra das Messer angesetzt hatte. Sein Gesicht drückte reinen Ekel aus.

„Das ist der Darminhalt", sagte Petra trocken, „das ist wie beim Menschen, wenn der gestorben ist. Dann entspannen sich die Muskeln und man kann es eben nicht mehr halten, ganz einfach!" sie grinste Tilo an.

„Du meinst, das ist, das ist…"

„Kacke. Ja Tilo, das ist Kacke." Olaf klopfte ihm auf die Schulter. „Hey, du wirst ja ganz weiß? Ist dir nicht gut?"

„Geht schon, geht schon!" Olafs Augen waren noch immer auf die Unterseite des Fisches gerichtet.

„…das machen wir nachher weg. Wir müssen den Fisch sowieso nochmal waschen nach dem Ausnehmen. Also weiter: das Messer da ansetzen…", Petra drückte auf die Stelle, aus der die grünliche Masse gekommen war. Dadurch kam noch mehr von der Masse heraus, was dazu führte, das die Gesichtsfarbe von Tilo sich der Farbe der Masse immer mehr anglich. „Wichtig: Nicht zu tief einschneiden, damit die Galle nicht verletzt wird, sonst wird das Fleisch ungenießbar! Jetzt das Messer langsam in Richtung Kopf ziehen, dabei den Fisch richtig gut festhalten, so, fertig." Petra setzte das Messer ab.

Tilo starrte noch immer wie hypnotisiert auf die Forelle.

„Noch die Seiten auseinanderklappen und, trara, da ist es!" Petra hatte die Innereien mit einem Griff gelöst. „Gar nicht so schlimm, oder?" sagte sie und hielt sie Tilo direkt unter die Nase. Das war zu viel:

Tilo verdrehte die Augen und sackte in sich zusammen. Kathrin stieß einen spitzen Schrei aus und stürzte auf ihn zu. Olaf und Petra sahen sich fragend an:

„Dein Freund ist mir ja wirklich eine große Hilfe!" sagte sie und über ihr ganzes Gesicht zog sich ein breites Grinsen.

„Ja, so ist er halt, der Gute: Immer da, wo man ihn braucht!" Olaf zeigte auf den am Boden Liegenden.

„Meinst du, wir sollten ihm helfen?"

„I wo, der ist gut versorgt!" sagte Olaf, „Kathrin wird das schon erledigen. Der Fisch braucht uns mehr!"

„Der arme Fisch, ja, der hat sonst niemanden. Also, dann: Auf den Grill mit ihm!" Petra tauchte die ausgenommene Forelle in den Eimer und rieb sie kurz ab. Danach wanderte der Fisch auf den Rost, unter dem Olaf ein Feuer entzündet hatte.

„Poor boy!" sagte Kathrin und rüttelte an Tilo. Ihr augenblicklicher Berufswunsch war Krankenschwester. Sie hatte kurz vor den Ferien einen Erste-Hilfe-Kurs absolviert und hielt nun die einmalige Gelegenheit für gekommen, ihr gerade erworbenes Wissen in der Praxis anzuwenden. Olaf und Petra waren mit dem Fisch beschäftigt und sie war allein mit dem ohnmächtigen Tilo. Sie beugte sich langsam über ihn. Die folgende Mund-zu-Mund-Beatmung führte dazu, daß wieder Bewegung in Tilos Körper kam. Kathrin war begeistert von ihrem Erfolg und wuchs über sich hinaus: Wasser!" rief sie, „er muß etwas trinken. Flüssigkeit ist so wichtig!" Auch das hatte sie in dem Kurs gelernt und außerdem schon so oft in einer ihrer Serien gesehen. Sie schaute sich suchend um. Ihr Blick fiel auf die große Kühltasche, die gleich hinter Tilos Kopf stand. Sie zog sie zu sich heran und schaute hinein. Was sie sah, ließ ihr Herz höher schlagen: „Wasser!" jauchzte sie freudig und griff nach der 1,5-Literflasche Selters. Sie zog sie heraus, öffnete sie und führte sie an Tilos Lippen. Der trank gierig. Was Kathrin nicht wußte, war, daß diese Wasserflasche Dieter gehörte. Das allein wäre nicht weiter tragisch gewesen, aber Dieter pflegte auf seinen Reisen immer einen gewissen Vorrat an „Warmmachern" wie er es nannte mitzuführen. Da aber die Gesetze in Bezug auf das Mitführen von hochprozentigen alkoholischen Getränken in Skandinavien relativ streng waren, füllte er diese vor der Reise in Seltersflaschen. Auf diese Art hatte er Probleme mit dem Zoll oder bei Polizeikontrollen bisher immer vermieden.

Der Warmmacher verfehlte seine Wirkung bei Tilo nicht:

„Mehr, mehr!" röchelte er. Kathrin kam seinem Wunsch gerne nach und ein seliges Lächeln spielte um Tilos Mundwinkel.

„Scheint gut zu sein", sagte Kathrin. Der etwas merkwürdige Geruch irritierte sie zwar, aber was für Tilo gut war, konnte nicht schlecht für sie sein. Kathrin nahm einen tiefen Schluck aus der Flasche. „Das brennt!" stöhnte sie und hielt sich die eine Hand an den Hals, „was ist das für ein Wasser?" Sie nahm einen weiteren Schluck: „Hmm, schon besser. Riecht merkwürdig, aber hat was! Komm, wir teilen!" sagte sie und hielt die Flasche wieder an Tilos Mund. Der fühlte sich wie im

Paradies und schluckte so viel und so schnell er konnte. Kathrin hatte inzwischen seinen Kopf auf ihren Schoß gelegt und streichelte mit der einen Hand über seine Haare.

Tilo öffnete die Augen. Er hatte keine Ahnung, wo er sich befand, noch, was in den letzten Stunden passiert war. Er spürte Kathrins Körper und sah ihr Gesicht und alles darunter über sich. Alles war leicht verschwommen, aber er konnte es noch erkennen. Er wähnte sich im Paradies.

„Mehr!" lallte er, „mehr!" Kathrin kam seinem Wunsch nach. Tilo schloß die Augen wieder und das glückliche Grinsen auf seinem Gesicht verstärkte sich noch.

Allmählich kehrte das Leben in seine Arme zurück: Seine Hände tasteten sich langsam über den Boden. Er spürte einen Reißverschluß. „Jetz oda nie!" lallte er und nestelte mit seinen Fingern an dem Ding herum. Kathrin machte keinerlei Anstalten, ihre Position zu verändern. Das wäre ihr auch schwer gefallen, denn der Warmmacher war auch an ihr nicht spurlos vorüber gegangen: Ihr Kopf lag auf ihrer Brust und ihr Atem ging regelmäßig und tief. Tilo beflügelte die nicht negative Reaktion von Kathrin und es gelang ihm schließlich, den Reißverschluß soweit zu öffnen, daß er seine Hand hindurchschieben konnte. Er wähnte sich am Ziel seiner Träume und streichelte und drückte das weiche Fleisch, das er zwischen seinen Fingern spürte. Dabei grunzte er zufrieden vor sich hin.

„Fertig!" rief Petra und schob den Fisch vom Grill auf das Tablett. „Haben wir Teller?"

„Brauchen wir welche?"

„Und Besteck?"

„Hier!" Olaf hielt triumphierend eine Gabel in die Höhe.

„Besser als nichts!"

„Wollen wir dahinten hin?" sagte Olaf und zeigte auf einen großen, flachen Stein nur ein paar Meter vom Ufer entfernt.

„Gerne."

„Lassen wir sie alleine!" sagte Olaf und blickte zu Tilo und Kathrin, die ein kleines Knäuel bildeten, das reglos auf dem Boden lag.

„Was macht er da mit seiner Hand in der Kühltasche?" wollte Petra wissen.

„Keine Ahnung!" Olaf nahm das Tablett und ging hinter Petra zu dem großen Stein. Sie setzten sich und platzierten den Fisch zwischen sich.

„Jetzt haben wir gar nichts zu trinken!" Petra sah Olaf so an, daß er ihrem Wunsch nachkommen mußte.

„Gut, bin gleich zurück – aber laß mir noch was übrig, ja?"

„So verfressen bin ich nicht, auch wenn es den Eindruck macht", sagte sie lachend und zeigte auf ihren Körper.

„Überzeugt!" rief Olaf im Davonhasten.

„Ein Schnitzel!" Olaf reichte Petra eine Dose Bier.

„Was für ein Schnitzel?"

„Er hält ein Schnitzel in der Hand und massiert es!" sagte Olaf und öffnete seine Dose.

„Warum massiert er ein Schnitzel?"

„Das werden wir wohl nie erfahren. Prost!"

„Prost!" sagte Petra und öffnete auch ihre Dose.

„Dann ran an die Buletten!"

„Eins nach dem andern: Erst den Fisch, ja!" sagte Petra und setzte wieder diesen Gesichtsausdruck auf, der Olaf so verwirrte.

„Ja, erst den Fisch!" sagte er und löste mit der Gabel ein Stück aus der Forelle um es dann Petra an den

Mund zu führen. Sie spitzte die Lippen und zog es langsam in ihren Mund. Dabei hatte sie die Augen geschlossen.

„Jetzt du!" sagte sie und die Prozedur wiederholte sich umgekehrt und dann so lange im Wechsel, bis nur noch Haut und Gräten auf dem Tablett lagen. Petra nahm einen tiefen Schluck aus ihrer Dose:

„Leer!" sagte sie und hielt die Dose auf dem Kopf vor sich.

„Meine auch. Noch eine?"

„Nein. Nicht jetzt", sagte Petra und ließ ihre Dose auf das Tablett fallen, das sie dann vor sich in den Sand stellte, „der Fisch ist nicht mehr!" Sie ließ ihren rechten Arm sinken und ihre Finger bewegten sich über den Stein auf Olaf zu. In der Mitte trafen sie auf Olafs dort liegende Hand. Petras Finger wanderten unter Olafs Hand, dann drehte sie ihre Handfläche und die Finger verzahnten sich ineinander.

Sie spürte seine, er ihre Wärme. Da war es wieder, dieses Gefühl, das sich nicht erklären ließ – das so fremd und zugleich so vertraut war. Das Nähe und Geborgenheit in einem ausdrückte und doch nicht zu fassen war. Die beiden saßen, verbunden durch ihre Hände nebeneinander auf dem Stein und schauten auf den See. Jeder spürte den anderen und beide empfanden dasselbe. Sie mußten kein Wort sagen, sie mußten sich nicht einmal anschauen. Im Gegenteil: Das hätte alles nur zerstört. Das spürten sie im tiefsten Innern. Da war kein Gedanke an eine Manuela, einen Tilo oder sonst irgendjemanden. Es war völlig gleichgültig, was Dieter und Marlies machten oder machen wollten, mit wem sich Conny und Karin gerade vergnügten oder nicht vergnügten. Es hätte regnen oder schneien können. Das alles spielte keine Rolle. Für beide war dieses Gefühl neu, obwohl sie schon verliebt gewesen waren, unsterblich in den einen oder die andere. Aber da gab es einen Unterschied. Da war etwas, das diesmal anders war. Dieses Etwas war neu, fremd, unheimlich und doch vertraut und Sicherheit gebend. Alles war so, als wenn es schon immer so gewesen wäre, als hätte es nie etwas anderes gegeben und als würde es auch niemals etwas anderes geben. Sie waren jung, sehr jung. Ihr ganzes Leben lag noch vor ihnen. Weder Petra noch Olaf hätten sagen können, woher dieses Gefühl gekommen war. Sie hätten auch nicht sagen können, warum es gerade die beiden zusammen geführt hatte. Auch hätten sie nicht sagen können, wie lange es andauern würde. Sie wußten nicht einmal, was am nächsten Tag sein würde. Tilos Eltern hätten beschließen können, abzureisen, den Platz zu verlassen. Das hätte das Ende dieser Beziehung noch vor ihrem richtigen Beginn sein können. Selbst, wenn sie ihren ganzen Urlaub hier verbrachten, war die Zeit endlich. Der Tag der Abreise würde unweigerlich kommen. Das war so sicher, wie das Amen in der Kirche. Beide wußten nicht, ob sie sich wiedersehen würden. Sie wußten nicht, ob sich eine längere, eine dauerhafte Beziehung zwischen ihnen entwickeln würde. Vielleicht würden sie heiraten, eine Familie gründen und dann mit ihren eigenen Kindern irgendwann an diesen Platz zurückkehren und sich erinnern. Vielleicht aber würden sie keine gemeinsame Zukunft haben und mit einem anderen Partner und anderen Kindern an diesen Platz zurückkehren und sich erinnern. Vielleicht war diese Beziehung nur im Heute vorhanden und ohne ein Morgen.

All das spielte für Petra und Olaf keine Rolle. Für sie war nur wichtig, daß sie Hand in Hand auf diesem Stein saßen und sich gegenseitig spürten. Für sie gab es nur das Heute. Es gab diesen Moment. Diesen einen

Moment . Und dieser Moment und sein Gefühl waren es, das ihnen niemand mehr nehmen konnte. Keine Eltern, keine Freunde waren dazu in der Lage. Selbst die Zeit war machtlos gegen diesen Moment: Er blieb in ihnen, so lange es sie gab und so lange sie sich erinnern konnten.

Ende

Leseempfehlung

Klaus-Jürgen Sparfeld - Eine Woche und sieben Tage

Zwei Freunde, die ihren Urlaub in Südamerika verbringen, treffen auf zwei Freundinnen, die dies ebenfalls tun. Es kommt zu einer Reihe unvorhergesehener Ereignisse, die zu einer Vielzahl von Verwicklungen führen. Das Verschwinden von Carlos und das Auffinden eines Verletzten sowie der Versuch, ein Geheimnis zu entschlüsseln verkompliziert die Angelegenheit noch.

Eine Woche und sieben Tage - Auf dem Weg ins Abenteuer - Teil 1 der Trilogie
Abenteuerroman, 132 Seiten, Paperback
Herstellung und Vertrieb: Books on Demand GmbH, Norderstedt, ISBN 978384 4800685

Eine Woche und sieben Tage - Der Weg zum Sternenhaus
Teil 2 der Trilogie
Abenteuerroman, 140 Seiten, Paperback
Herstellung und Vertrieb: Books on Demand GmbH, Norderstedt, ISBN 978384 4806601

Eine Woche und sieben Tage - Der Kreis schließt sich
Teil 3 der Trilogie
Abenteuerroman, 156 Seiten, Paperback
Herstellung und Vertrieb: Books on Demand GmbH, Norderstedt, ISBN 978384 4809602

Owe Klajü - Das Nordlicht, das Bier und ich

Jens lebt mit seinen Eltern in Berlin. Als sein Großvater in Husum stirbt, reist die Familie zur Testamentseröffnung dorthin. Der Inhalt des Testaments und das Wiedersehen seiner Mutter mit einem alten Jugendfreund lassen die Ehe seiner Eltern und die Vergangenheit seiner Mutter in einem ganz neuen Licht erscheinen.

Die Verwirrung seiner Gefühle wird noch verstärkt durch die Begegnung mit der 16 Jahre alten Meike, von der eine unerklärliche Anziehungskraft auf ihn ausgeht.

Als er ein bisher gut gehütetes Geheimnis aus dem Leben seiner Mutter erfährt, führt das zu einem scheinbar unauflösbaren Widerspruch zwischen dem, was sein Herz und dem, was sein Verstand sagt...

Owe Klajü - Das Nordlicht, das Bier und ich
Roman, 198 Seiten, Paperback
Herstellung und Vertrieb: Books on Demand GmbH,
Norderstedt, ISBN 978374 1263316